我 寫 新 作 文 系 列

「我的朋友」的 60 種寫法

何萬貫 主編

商務印書館

責任編輯：毛宇軒
裝幀設計：趙穎珊
排　　版：周　榮
印　　務：龍寶祺

「我的朋友」的 60 種寫法

主　　編：何萬貫
出　　版：商務印書館（香港）有限公司
香港筲箕灣耀興道 3 號東滙廣場 8 樓
http://www.commercialpress.com.hk
發　　行：香港聯合書刊物流有限公司
香港新界荃灣德士古道220–248號荃灣工業中心16樓
印　　刷：中華商務彩色印刷有限公司
香港新界大埔汀麗路36號中華商務印刷大廈14樓
版　　次：2025 年 6月第 1 版第1次印刷

ISBN 978 962 07 0690 5
Printed in Hong Kong

總序

何萬貫

為了幫助學生學習寫作，提高語文水平，筆者編寫了這一套寫作系列叢書。

這套叢書總的特點是，把寫作和閱讀結合起來，把寫作知識和範文有機地結合起來。書中把寫作知識分成各種各樣的大小專題，大的專題有文章主題、文章結構、文章取材等等。大的專題下面又分成若干個小專題，比如文章結構下面又分段落和層次、開頭和結尾、過渡和照應、主次和詳略等幾個小專題，每個小專題下還有若干個知識點。筆者就從這些知識點出發，設計出若干個題目，然後請一些大學生結合有關知識點寫出範文，範文後面附有評語，簡介該範文是否符合設計要求。這樣，讀者在學習有關的寫作知識和閱讀範文的過程中，就可以從理論和實際相結合的意義上去學習有關的寫作技巧了。

這種編排的好處在於，學生在閱讀和學習寫作理論的時候有了參照文，從而使學習理論具體化，不會感到枯燥。生動具體的學習形式可以提高學生的興趣，而興趣是學生學習寫作的內在動機，會使他們喜愛寫作，進而多讀多寫，越寫越有興趣，越寫越有進步。

一個大專題編一本書，所以每本書在內容上也有一個中心。比如關於文章表達方式的這一本書就是以母愛為中心，而關於文章結構的這一本書則是以父愛為中心，如此等等。在決定書名的時候，以文章內容作正題，以寫作知識專題作副題。因此，讀者除了會從這些書中學習到有關寫作知識以外，還會從範文的內容中受到思想教育，或者從意識上受到薰陶，再或者從思想方法上受到啟迪。

要按照有關設計寫出相應的範文並不容易。這些範文的作者，就像許多施工工人對待建築師精心設計的圖紙一樣，須經一絲不苟反覆推敲，才能使自己的文章符合設計者的要求，頗費一番努力。在此，要向他們表示衷心的感謝。

在這套書的編寫過程中，還得到了許多朋友的支持和鼓勵，在此一併致謝！

關於語言

本書是整套寫作系列叢書的語言篇，結合具體篇章闡述寫作中的語言問題。

在寫作中，語言運用要達到甚麼要求呢？本書講了四點：一是通順，二是準確，三是生動，四是簡潔。全書把有關篇章分成四類，講述了以上四個方面的問題。寫作語言要達到甚麼要求，細分起來，還可以舉出許多方面，但上述四點是最重要的。一個人所寫的文章，如果基本上能符合上述四大要求，而內容又比較好，主題正確、有新意，結構又比較完整、嚴密、勻稱，那他所寫的文章就大體上可以叫做好文章了。

怎樣才叫通順？做到準確、生動、簡潔又有甚麼具體要求？對此，本書在每一部分都逐一作了具體說明，可供參考。

有些作者在寫作中，運用語言出現了一些問題，或者說語言運用得不好，除了沒有弄清楚語言運用的要求以外，還可能是對語言運用的重要性認識不足。他們認為，文章只要有一個好的主題，好的內容，語言運用得好不好關係不大。這種說法是不對的。文章是思維的成果，而語言就是一種思維工具，是一種表達思維成果的工具。也就是說，一篇文章是通過語言來表達的，沒有語言當然就不成文章。作者為甚麼要寫文章？那是因為他要通過寫作來表達自己的思想。而要使自己的思想清晰、準確地表達出來，就必須要求自己所運用的語言清晰、準確，不會讓讀者造成誤解。同時，必須要求自己所運用的語言生動、簡潔，讓讀者樂於接受。怎麼能説語言用得好不好關係不大呢？

既然語言是一種表達思想的工具，是一種表達思維成果的工具，就有一個如何運用工具的問題。人們從事任何一項勞作，都要使用工具。農夫種地，要使用鋤頭、鐮刀、播種機、收割機等等。甚麼時候使用甚麼工具，當然有講究。比如，收割的時候用收割機，播種的時候用播種機，等等。農業工具如此，工業工具亦然。生產上以至科學研究上，各種工具是非常多的，如何配合起來使用非常複雜，思維工具的使用當然也不例外。漢字有五、六萬個，但常用字不過三、五千個。這三、五千個常用字，如何配合起來使用，可以説是變化萬千，奧妙無窮。“這頭豬很肥”，“這是一個肥缺”，“他與別人分肥”，同樣一個“肥”字，卻有幾種不同的意思。“看一遍”，“看一下”，“看一眼”，量詞不同，所表現的動作就不一樣。平時我們説要遣詞造句，就是一個使用工具加工產品的過程。遣詞遣得不好，工具使用得不當，一個句子也就造得不好，要不是不通順，要不是不準確，要不是死板不生動，要不是囉嗦重複，從而影響文章思想內容的表達和傳播。

文章的結構是形式，文章的語言也是形式。該用甚麼樣的語言，從根本上來説，是由文章的內容決定的。本書的主要內容是講友情，每篇文章都講到人與人之間的友誼，人與人之間的感情，有關篇章的語言要求，都是根據有關內容來設計的。當然，語言要求除了跟內容有關，還跟文章體裁有關。寫聲明、公告，對語言的要求不同於一般的思想評論；寫抒情文、描寫文，又不同於一般的記敍文；當然，寫記敍文，又不同於寫議論文；寫議論文又不同於寫説明文。根據本書題材的特點，作者所寫大都是記敍文和抒情文，所運用的語言也符合這些體裁的特點。但話説回來，不論是哪一種文體，也不論文章的內容是甚麼，前面所講的四大要求都是適用的。我們的目標是：在運用語言的過程中，既符合一般寫作對語言的四大要求，又能適應各種文體、各種內容的寫作需要。

要正確使用工具，需要學習，語言的運用，同樣需要學習。學習方法有兩種，一是向書本學習，二是在實踐中學習。許多優秀作品，運用語言相當成功。認真讀書，是學習語言的途徑之一。

本書是適應中、小學生學習語言的需要而寫的。編者首先設計好有關篇章的內容和語言要求，然後組織大學生去寫，再把它編成書，以便讓大家結合實際去學習運用語言的方法。所謂向實踐學習，當然可以結合向書本學習來進行。從書本上看人家是怎樣運用語言的，然後自己用同樣的方法運用語言去寫作。“歌不離口，拳不離手”，練得多了，就會熟能生巧。人要從走路中學習走路，從游泳中學習游泳。學習語言最好的方法，是自己去運用，通過運用去提高自己。

本書的名字叫“友情如海”，“友情”便是本書的中心內容。友誼歷來為人們所稱頌。意大利作家薄伽丘説過，“友誼真是一樣最神聖的東西，不光是值得特別推崇，而且值得永遠的讚揚。它是慷慨和榮譽的母親，是感情和仁慈的姐妹”。偉大的科學家達爾文也說過：“講到名望、榮譽、享樂、財富等，如果拿來和友誼的熱情相比，這一切都不過是塵土而已。”我們說友情如海，講的就是友情的高尚、寶貴，歌頌的是友誼的力量。許多同學都有自己的好朋友，他們都可以跟本書的作者一樣，通過自己的筆，用通順、準確、生動、簡潔的語言，寫出自己的友誼故事，使自己受到感奮，使他人受到啟發。

目錄

第二章 語言要準確 49

第三章 語言要生動 85

第四章 語言要簡潔 *117*

語言要通順

寫文章，要語言通順。語言不通順，將會妨礙作者與讀者的溝通，達不到寫作的目的。

怎樣的語言才是通順的呢？最基本的，必須符合以下兩個要求。

第一是要求文理通，也就是合語法。合語法，就是句子的各個成分齊全、成分之間搭配得當、符合順序。一句話，要有主語、謂語，必要時要有賓語、定語、狀語、補語，不能要主語沒有主語，要賓語沒有賓語，等等。例如，"聽了他的一席話，使我終於明白到做人最基本的是要誠實"。這句話，成分殘缺不全，缺了主語。"聽了他的一席話"不是主語，是狀語，主語應該是"我"，所以要把"使"字刪去。一個句子，除了各必須成分不能缺席之外，各必須成分還必須按規定的席位就座。也就是說，各個成分的排列要符合順序，主語、謂語、賓語該放在甚麼位置就放在甚麼位置，定語、狀語、補語該放在甚麼位置就放在甚麼位置，不能顛三倒四，雜亂無章。例如，"許多我們學校的學生都參加了運動會"。這個句子的成分就不合順序了，應該改成"我們學校的許多學生都參加了運動會"。除此之外，句子的各個成分還要搭配得當。例如，"我們克服了許多問題"，這個句子就存在成分搭配不當的問題。"克服"可以跟"困難"搭配，但不能跟"問題"搭配，所以，上述句子應該改為"我們克服了許多困難"，或"我們解決了許多問題”。搭配是否得當，有時候必須結合語境來看。例如，“子女犯了錯，父母不應該保護他們，掩飾他們的過錯”。“保護”跟“他們”搭配不成問題，但在這個句子裏，用“保護”就不大恰當，因為“保護”含褒義，改用含貶義的“袒護”更能表達“掩飾他們的過錯”的意思。

第二是要求事理通，也就是合邏輯。所謂合邏輯，就是文字的表達符合客觀規律、有情有理。合邏輯，必須符合以下三個條件：一是概念明確，不同詞語的概念要區分清楚，不能混淆。例如，“這次會考，考生幾乎全部都準時到達考場”。在這裏，“幾乎全部”和“全部”是兩個互相矛盾的概念，既是“全部”就不是“幾乎全部”，所以，如果是全部考生都準時到達的，就把“幾乎”刪去，反之，則把“全部”刪去。二是判斷恰當。例如，“他匆忙地喝下牛奶和麵包，便走了”。說“喝下牛奶”可以，說“喝下牛奶和麵包”就屬於判斷不恰當，因為“麵包”是用來“吃”的，不是用來“喝”的。上述句子應該改為：“他匆忙地喝下牛奶，吃下麵包，便走了。”三是推理正確。例如，“任何科學家都是勤奮的，因此，任何勤奮的人都是科學家”。這個推理，“任何科學家都是勤奮的”這個前提並沒有錯，但推出的結論並不正確，不合乎事理，因為勤奮的人並不見得都是科學家。為甚麼說“任何科學家都是勤奮的”對，而說“任何勤奮的人都是科學家”不對呢？這是因為，科學家除了要具備“勤奮”這一條件之外，還要具備其他的一些條件。

要寫出語言通順的文章，必須經過仔細推敲，看看每個句子成分是否合語法、合邏輯。沒有語法上的錯誤，沒有邏輯上的錯誤，語言就基本上算是通順了。

文章題目	語法重點	邏輯重點	運用詞語
我們還是好朋友嗎？	搭配得當	概念明確	虛詞“又”
人生難得一知音	成分齊全	判斷恰當	動詞“遞”與“接”
友誼之橋	符合順序	判斷恰當	關聯詞“因為”、“因此”
五顆糖有多貴？	成分齊全	概念明確	關聯詞“但是”
一面錦旗	搭配得當	推理有據	擬聲詞和動詞
藏在千紙鶴中的友情	符合順序	推理有據	形容詞“惆悵”
分享	符合順序	概念明確	活用成語
最好的禮物	搭配得當	推理正確	形容詞
畫你的樣子	搭配得當	概念明確	比喻詞
真相	符合順序	推理有據	關聯詞“可是”
秘密	搭配得當	推理有據	運用成語
一張卡片	成分齊全	概念明確	形容詞“鄭重地”、“良久”
友誼不是玻璃做的	成分齊全	推理有據	關聯詞
請摘下你的“有色眼鏡”	搭配得當	概念明確	副詞“儼然”
友情如歌	搭配得當	推理有據	成語“高山流水”
媽媽的思念	搭配得當	概念明確	動詞“泛濫”

我們還是好朋友嗎？

陳小冰

今天早上遲到了，我急急忙忙跑進教室。正準備聽課，同桌擠擠眉頭，用手指指我的課桌。我很詫異，低頭發現一個小信封，拆開來一看，又是那句話——“我們還是好朋友嗎？”

陪她四處找錢包的人是我，後來被她誣告偷錢包的人也是我。既然互相之間根本就沒有信任，還做甚麼朋友？想着想着，氣就不打一處來，我把信撕了個粉碎，丟進了垃圾袋。

放學後乘地鐵回家，真是冤家路窄，她也在那節車廂。車廂裏很擠。她皺着眉頭，夾在幾個高大強壯的人之間站着，無法動彈。我扭頭看着另一邊，裝作沒看見。

“她對別人說我的壞話，我不想和她做好朋友了……”好熟悉的抱怨。我側過頭去，看見一個小女孩正嘟着嘴向她媽媽傾吐自己的委屈。

“……你不原諒她不就犯了和她一樣的錯誤嗎？對自己的好朋友要寬容……”年輕的媽媽溫柔地對小女孩說。

聽着聽着，我漸漸覺得羞愧起來。

是啊！每個人都會犯錯。如果一個人無法包容朋友的過錯，一份友情又怎能持續呢？

我朝她那邊擠過去。

我想告訴她：“我們仍是好朋友。”

- 本文採用順敘和插敘相結合的手法，在敘述“我”和她之間的關係變化中插進小女孩和媽媽的對話，為“我”的情感從激憤到悔悟的平穩過渡起到了橋樑的作用。
- “跑進教室”、“發現……小信封”、“包容……過錯”等等，句子成分搭配得當；“詫異”、“冤家”、“強壯”、“寬容”等詞語的概念也很明確。
- 第一段的虛詞“又”運用得很好。“又是那句話”，說明“我們還是好朋友嗎”這句話，她已經問了“我”不止一次了，但“我”仍然怒火中燒，無法原諒她。直到文章講的，聽到小女孩和媽媽的對話，“我”才“羞愧起來”，包容她的過錯，整個過程寫得自然流暢。

人生難得一知音

吳大明

老師給我們講了一個故事：古代有個叫俞伯牙的人很會彈琴，但那些自詡為文人騷客的人卻未能真正理解他琴聲中的內涵。有一次，俞伯牙乘船至一高山旁，泊船避雨，琴興大發。當他彈至琴聲高亢時，一路過樵夫鍾子期説："這琴聲表達了高山的雄偉氣勢。"當琴聲變得清新流暢時，鍾子期又説："它表達的是無盡的流水。"俞伯牙聽了，不禁驚喜萬分，情不自禁地慨歎："人生難得一知音。""人生難得一知音"，這不正是自張奶奶去世後，我奶奶常撫摸着那疊發黃的紙張獨自嘟囔的一句話麼？

我奶奶從年輕時起便愛寫詩作文。基於共同的愛好，張奶奶從那時起便成了她的密友。風風雨雨數十載，兩人互相批評，互相借鑒，從未間斷。從我記事起，奶奶便常隔三差五地帶我去張奶奶家。每次見面寒暄不到幾句，兩人便迫不及待地互相交換各自的"新作"。一個人用雙手遞，另一個人用雙手接，恭敬而謹慎。一起討論時，她們有時會"呵呵"地笑出聲來，有時卻爭得面紅耳赤，像兩個狹路相逢的仇人。可再次見面時，她們又像好朋友一樣，似乎前一次的爭吵根本就沒發生過。

現在，張奶奶已不在人世了，那些紙張也已經舊得發黃。奶奶常常對着這樣的紙張獨自嘟囔，對曾經的愛好卻再沒表

現出任何熱情。我問她為甚麼，她重複得最多的一句話便是：“人生難得一知音。”

人生難得一知音。很多時候，我們缺少的不是一般的朋友，而是有着共同愛好，並能基於它分享彼此歡樂與痛苦的朋友。原來，奶奶的失落不是因為沒有愛好，而是因為失去了那個能夠分享她的快樂與痛苦的張奶奶——她的知音啊！

- 文章開頭以老師所講俞伯牙的故事來點明主題，引出下文，為全文奠定了感情基調。
- 第二段，作者用“人生難得一知音”一語來引出故事，不拗口，不拖沓。
- “用雙手遞”與“用雙手接”的細節描寫，準確而傳神地反映了二人之間“恭敬而謹慎”的態度。長短句的運用不僅使句式靈活多變，還生動地表現了張奶奶和“我”的奶奶交往的坦誠。
- “人生難得一知音”的判斷恰當，合乎實際。這句話的幾次重複不僅使全文結構緊湊，而且很好地強化了主旨。所用句子成分齊全，沒有殘缺現象。

友誼之橋

莫志剛

莎莎和佩玲是最要好的高中朋友，不僅同班還同寢室，因此被班上同學稱作“姐妹花”。可是，高考卻把她們的距離拉遠了，莎莎以優異的成績被著名的香港中文大學錄取，而佩玲卻名落孫山，留在原校重讀一年。

由於種種原因，在這一年裏，她們的聯繫很少。

轉眼又到了佩玲的生日。過去三年都是莎莎陪伴佩玲過生日的，她常常會在這一天給佩玲意想不到的驚喜。想到高二那次莎莎竟然藏了一個會彈跳的玩具蛇在自己被子裏，佩玲便不覺笑了。可笑過之後卻更添淒涼，因為今年的生日沒有莎莎的陪伴了。佩玲也沒將生日告訴班上的其他同學，因此這一天她過得真的很平淡，沒有期望，所以心裏也沒甚麼波瀾。

沒想到三天後，爸爸提醒佩玲去學校附近的郵局領包裹。佩玲拿着包裹單子，馬上朝郵局飛奔而去。

那是莎莎寄來的包裹，是一隻狗洋娃娃，毛色明黃黃的，摸上去十分柔軟，臉上還有兩團紅暈，看上去可愛極了。裏面還附了一張小卡片，上面寫着：“佩玲，祝你生日快樂！”落款是“你永遠的好朋友”。

這一刻，佩玲哽咽了，原來以為莎莎已經把自己忘了，沒想到她還一直惦記着自己。這以後，佩玲的心境開闊了許多。

後來，佩玲考上了香港科技大學，而莎莎卻去英國劍橋大學留學了，所以她們的聯繫幾乎斷了。但她們彼此深信，友誼之橋從來都沒有斷過，永遠也不會斷！

- 作者用對比手法刻畫了佩玲孤單失意的處境，佩玲略帶頹唐的心理狀態被展現了出來。文章先抑後揚，展現了友情不息的故事。最後，用一種堅定的語氣昭示了朋友之間友誼的長久。
- 文章的複句寫得比較成功。作者用"因為"、"不僅"、"因此"、"由於"等關聯詞，表示因果，用在兩個或兩個以上的單句中構成了因果複句。如第一段第一句便是因果複句，前面兩個分句表示原因，其中一個分句用了"不僅"，後面用了"因此"的分句表示結果。這些複句，順序恰當，合乎邏輯。

五顆糖有多貴？

張力

盒子裏的五顆糖已經化了，我卻仍捨不得扔掉。因為它們象徵了我和王佳之間的友誼。你覺得五顆糖有多貴？我覺得友誼有多貴，這五顆糖就有多貴。

那天我剛走進教室就聽到同學們嘰嘰喳喳地議論着，個個春風滿面，彷彿還沉浸在前一天的快樂裏。“那糖真好吃……但是，昨天老師問還有誰沒領到糖時，王佳居然又上去領了一份。真沒想到她是那樣的人！……”後面幾個同學的聲音壓得很低。我豎起耳朵聽着，心裏五味雜陳——王佳是我同桌，也是我朋友，怎能要這種小聰明呢？！我對她的行為感到很失望。

快上課時，她才急匆匆地跑進教室。“給你的！”還沒坐下，她就一邊喘氣一邊遞給我一個小紙包，“真遺憾昨天你沒去，老師發的糖挺好吃的……”“所以你多拿了一份？”我冷冷地打斷了她的話，並狠狠擋回她伸過來的手。

急促的喘氣聲斷了，她愣了一下，小紙包“啪”的一聲掉在地上。

“但是……給你拿的……你嚐嚐。”她囁嚅着。

我心裏一震，低下頭——紙包破了，五顆糖靜靜地躺在一起。因為生病，我沒能參加昨天的班級活動。原來她是為了我才多拿了一份，但是我卻……

我慢慢蹲下去，把糖一顆一顆小心翼翼地撿起來，捧在手心，彷彿捧着一份稀世珍寶……

- 本文採用了象徵手法，開篇即點明“五顆糖”的象徵義：“我”和王佳之間的友誼。整個故事圍繞友誼這一線索展開，加上全文明白如畫的語言，使得文章通俗易懂，主題清晰明瞭。
- 文章中細節描寫生動而貼切，如王佳剛進教室時的動作描寫，紙包落地時對王佳的神態描寫等等，將王佳細心體貼的性格特點生動傳神地表現了出來。
- 文章語言通順，沒有語法或邏輯上的毛病。多處地方使用了關聯詞“但是”，起到了轉折的作用。

一面錦旗

錢美美

隨着老師的一聲“出發”，我和阿武卯足了勁向山頂衝去——我們約好了，一定要奪得那面象徵着勝利的錦旗。

太陽火辣辣地懸在空中，豆大的汗滴順着臉頰流進嘴裏。眼看着與前面同學只有幾步之遙，我卻無能為力。看着依然高聳的山頂，來時的雄心壯志漸漸作青煙散了，我癱坐在路邊。

這時，阿武“呼哧呼哧”地走到我面前。他一句話也不說，攙起我的胳膊便走。聽着他粗重的喘氣聲，看着他大滴的汗珠重重地墜向地面——我想起了我們的約定。“爬不上山頂，何談錦旗？”慚愧地推開他的手，我咬緊牙關繼續前進。

快到山頂時，我們與最前面的同學已經相隔不遠。可就在這關鍵時刻，我的腳崴了，試着走幾步，疼痛難忍。“爬不上山頂，何談錦旗？”我心裏黯然。

這時，那熟悉的“呼哧呼哧”聲又在耳邊響了。“倒霉透了……你先走。一定能拿到錦旗的。”我說道。

“一起走。”三個字，斬釘截鐵，不容拒絕。來不及聽我說感激的話，他背着我又“呼哧呼哧”起來。前面那幾個同學的身影漸漸變小了，後面的同學不斷超過我們——我知道我們與錦旗無緣了。

當他背着我“挪”上山頂時，同學們正在追打嬉戲，好不熱鬧。

“同學們，對錦旗的得主我得做一個小小的調整。你們覺得他們算不算是合格的得主？”老師指着樹蔭下的我和阿武，激動地對同學們說。

沒有一個人反對……

“應該由你來珍藏。”我將它捧給阿武——它是我們友情的象徵。在這方面，阿武當之無愧。

- 全文多用短句，這使得語言通俗明瞭，簡樸易懂。
- 多次重複加強了語氣，這也使得人物形象刻畫鮮明而有個性。擬聲詞“呼哧呼哧”在文中出現了三次，有效地加深了讀者對阿武的印象。“爬不上山頂，何談錦旗？”反映了爬上山頂與奪錦旗的關係，推理有據。這話在文中出現了兩次，表現了“我”和阿武“奪旗之切”的心情，“爬”與“山”搭配，“談”與“錦旗”搭配，也很恰當。
- 文章用字用詞精確而形象，如倒數第四段中動詞“挪”便很好地表現了“我們爬得慢”的特點。

藏在千紙鶴中的友情

雲中月

畢業晚會進入了尾聲。在《畢業歌》這首背景音樂聲中，主持人深情地説："同學們，我們曾經共同歡樂，我們曾經分擔憂傷。現在，我們即將畢業，各奔東西，讓我們互贈禮物，給彼此的情誼留下一份難忘的回憶吧！"

帶着些許惆悵，我把自己早已精心準備好的禮物，擺放到每位同學的桌上，哪怕是平時與自己小有不快的同學，這時的他在我心中也只剩下美好的回憶。當回到桌前時，我看到自己的桌上擺滿了禮物。其中一個包裝精美的紙盒吸引了我，紙盒緞帶上的落款是我最要好的朋友：佩林。

我迫不及待地打開紙盒，裏面裝的全是大小不一、精美的千紙鶴。我拆開一隻，熟悉的字跡映入了我的眼簾，每一張紙上都是我們的"對話"："佩林，我很煩呢，最近媽媽生病了，我又忙着期末考試。""茜茜，慢慢來，事情會好起來的，要相信自己哦，加油！"我又拆開了另一隻："我和同桌吵架了，她真小氣。""呵呵，佩林，你應該大度點，喜歡生氣的人，會很容易變老的哦。"……

每個千紙鶴都記載着我們的喜怒哀樂和彼此間的鼓勵。六年了，細心而又手巧的佩林把記錄我們每件瑣細事情的紙條——我們友誼的見證，摺進了千紙鶴中！我把拆開的紙條又摺成千紙鶴，一個一個地放進紙盒裏。

隨着時光的流逝，可能很多事情會發生改變，但這些千紙鶴，這些留在我心頭的點點滴滴，是不會輕易流逝的。我已經將它們深深地銘記在心中。

- 文章標題新穎，以一份用心製作的禮物展開話題，並將這份禮物置於充滿感傷情緒的畢業晚會氛圍中，形容詞"惆悵"的運用更增添了對友情的依戀和不捨。
- 文字樸實、通順流暢，沒有語法或邏輯上的毛病。作者通過口語化的語言——寫在千紙鶴的話娓娓道來，向我們講述了一段平凡卻讓人珍惜和懷念的友情。
- "留下一份難忘的回憶"等附加語順序安排恰當。
- 所選事物富有寓意，千紙鶴傳遞了"我"和佩林的友誼，包裝精美的紙盒裝着千紙鶴，既是一種珍藏，也是一種祝願。

分享

吳美美

在我的書櫃裏，珍藏着許許多多的漫畫和山水畫，每一幅畫的落款都題着一個相同的名字。這些畫的風格各不一樣，有恬淡的，有激昂的，有憤怒的，也有歡快的，表達着作者作畫時各種各樣的心情。

這些畫都出自我的老朋友林林之手。林林跟我從小就在一起，算得上是青梅竹馬，兩小無猜。林林從小就喜歡畫畫，並且很有自己的心得，在離開香港之前，他已經是香港大學生中小有名氣的畫家了。不過，不管林林的名氣有多大，在他眼中，我始終是他的“鐵哥們”，他每一幅畫的第一個鑒賞者都是我這個外行人。我雖然外行，可又喜歡班門弄斧，總是很主觀地對他的畫評頭論足。可林林卻對我這種狂妄自大的做法絲毫不介意，對我的意見只是“取其精華，棄其糟粕”。

三年前，林林隨父母移居美國。得知這個消息時，我很傷心，因為我覺得自己再也沒有與這位老朋友分享繪畫中的喜悅和“妄自尊大”的機會了。但是，事情並沒有像我想像的那樣發展下去。林林到了美國之後，雖然沒有那麼多的追捧者，但對繪畫的興趣仍不減半分，時常是揮毫潑墨後，就郵寄給千山萬水之外的我。偶爾有一兩幅自己格外喜歡的，他就珍藏着，只郵寄影印本給我。每每這時，我總是橫刀奪愛，三番五次地去信索求。林林沒有辦法，只好忍痛割愛。

每次收到林林的佳作，我都會欣喜若狂，一如既往地評頭論足，在覆信中發表我的看法。而且，從他的畫中，我還能讀出更多的東西，那就是他的心情，他作畫時的喜怒與哀樂。我想，這就是朋友間的分享了吧。

- 文章以《分享》為題，記敘了“我”與一位朋友之間非常真實感人的故事。全篇處處在寫“我”與朋友之間的深情厚誼，比如說“我”在評論朋友的作品時的“放肆”態度；朋友對“我”主觀評論做法的包容；朋友在遠涉重洋之後還寄來作品與“我”一同分享等等。
- 文章的語言通順樸實、流暢、雋永，很有張力，在看似平淡的語言背後，卻隱藏着非常真摯的感情，經得起讀者的再三品味。“……與這位老朋友分享繪畫中的喜悅和‘妄自尊大’的機會”等，修飾語較長，但符合順序。
- 文章第二段中“對我的意見只是‘取其精華，棄其糟粕’”一句乍看像是無謂的調侃，實則暗示着朋友對“我”的寬容、真誠和尊重。
- 第一段“恬淡”、“激昂”、“憤怒”、“歡快”等詞義清晰，概念明確。
- 文章活用成語，如“青梅竹馬”、“兩小無猜”、“班門弄斧”、“妄自尊大”、“評頭論足”等。成語的活用，使文章的語言顯得簡潔。

最好的禮物

陶國本

最後一節課，老師因病缺課，大家在自習。

婷婷簡直坐不住了。今天是她的生日，晚上她家要舉行生日會，她邀請了好多朋友。婷婷一會兒告訴這個同學怎麼坐車去她家，一會兒埋怨有事不能去的同學，教室裏到處都是她的笑聲。班長小栗友善地提醒了好幾次，要她安靜一些，她都裝作沒聽見。婷婷知道小栗是她最好的朋友，今天是她特殊的日子，小栗一定不會按班規懲罰她。

“呀，只有一分鐘了，我們準備走吧。”婷婷大聲說。誰知就在這個時候，小栗忽然嚴肅地宣佈：“林婷婷今天違反紀律，留下來打掃教室。”婷婷簡直不敢相信自己的耳朵，生氣地瞪了小栗一眼，走了。

生日會熱鬧有趣，但是小栗還沒有來。婷婷想：“其實是自己不對，小栗是班長，如果包庇好朋友，班上同學會覺得他不合格。小栗一定在生我的氣，不來了吧？”要吹蠟燭了，婷婷不禁難過起來。本想和小栗一起吹蠟燭許願的：希望小栗長得更加強壯，因為小栗瘦瘦的，班上的男生都嘲笑他。

媽媽說：“小栗不會來了，我們吃蛋糕吧。”婷婷悶悶地應了一聲。

這時門鈴響了，婷婷期盼地打開門：是他！“我還以為你在生我的氣，不來了呢。”小栗幽默地笑着說：“因為你跑了，我替你打掃教室去了。就把幫你打掃教室，當作你的生日禮物怎麼樣？”婷婷聽了，愧疚地說：“這是最好的禮物了。”小栗轉身拿出一盆開得燦爛的黃水仙，說：“騙你的。送你我養了一年的水仙，希望你喜歡。”婷婷感動地說：“這也是最好的禮物！”

- 這篇文章寫出了兩個朋友之間的小矛盾，情節比較曲折，引人入勝。婷婷違反紀律，小栗是負責的班長，要求婷婷打掃教室是“鐵面無私”的。可他表面上並不講哥們兒義氣，實際上又因婷婷跑了而替她打掃教室；最後在婷婷家時，又很幽默。
- 對小栗這個人物形象的刻畫，用了一些形容詞，如“友善”、“嚴肅”、“幽默”，且這些詞在句中與其餘成分搭配得當。闡述問題時，也能做到推理有據。
- 作者對於婷婷形象的塑造，則主要體現在心理方面，通過準確的心理描寫，寫出了她的思想轉變過程：開始時生氣了，最後還是理解小栗。正是作者這些準確的描寫，使文章更有可讀性。

畫你的樣子

芬芳草

時間的流水彷彿沖走了曾經的喧囂與塵灰。當明月懸空時，我對着一片清輝，心中沉澱出你的樣子。

你那秀美黑亮的長髮曾在無數個清新的早晨被風輕輕吹起，那揚起的髮尾偶爾拂過我的臉龐，宛如你平常那無微不至的關懷般讓我溫暖。於是記起了我們騎着自行車的情景，我們的歡聲笑語總是驚醒了樹上的小鳥，但是我們並無歉意，一路心情大好。

你的眉毛呢？不濃也不黑，但又細又長。於是記起了當我遇到疑難問題時你那思考的樣子，彷彿比我還苦惱，若想到甚麼點子，你必定會眉飛色舞地告訴我。那樣子，像極了一個小孩子。

你的眼睛怎麼會那麼靈動呢？彷彿能傳遞任何語言。在我進步時你會報以欣慰的眼神，我高興時你的眼睛好像彎彎的月牙，而當我受挫時你的眼睛似乎在説"加油！你行的，我相信你！"於是看着你的眼睛，我有了重來的勇氣。

然後是你的肩膀，不寬也不厚實。當然，一個女孩子的肩膀能有多寬闊呢？可是，這卻是我傷心時最好的港灣，你甚至會和我一起哭。這樣，草地上就迴蕩着兩個女孩的哭聲，悠長，悠長。

最後是你的雙手，總是能在關鍵時刻給我需要的溫暖。我們的手緊緊握在一起，就像我們的心緊緊相連。我們說好了的，我們永遠是朋友。

想起你的點點滴滴，心中便充盈了幸福感。於是只能輕輕，輕輕畫下你的樣子。

- 這篇文章構思獨特。它以畫人的樣子為線索，通過畫朋友身體的各個部分的形態來回憶或是講述朋友種種的好，字裏行間充滿了友情帶給人幸福的味道。
- 文章的語言溫馨而恬淡，表達出了作者每一個瞬間的感觸。
- 設問句的安排，能夠很好地引領行文線索，使文章更流暢。
- 文章使用了較多的比喻修辭，如把肩膀比作港灣，比喻詞是"是"，把眼睛比作月牙，比喻詞是"好像"。
- 文章還用到了一些可以用作比喻詞的詞，如"彷彿"、"宛如"、"似乎"，這些副詞、動詞在文中並不是作比喻詞用，表達的意思清楚明白，概念明確。

真相

陸建堅

“就你？！體育課練習長跑時的‘專業墊底戶’還想參加長跑比賽？……”三個同班好友聽説我報名參加學校 1500 米長跑比賽，立刻從書堆裏鑽出來，像打量外星人一樣盯着我。

“還説是朋友呢！連一句鼓勵的話也沒有。”本來心裏就沒底，聽到她們涼如深秋的話，我心裏騰起一股暗火。賽前的一個多月，心裏憋着一口氣，我拼命訓練——我一定能成功戰勝自己！她們對我的訓練似乎仍然漫不經心，彷彿一個不相關的人正在做一件與她們不相關的事。我為自己發現了一個一直沒被察覺的真相而悶悶不樂：她們對我的友情是淡漠的。

雖然賽前很虔誠地“抱了佛腳”，可臨到場上的我心裏還在打鼓。發令槍一響，我向前衝去，腦中一片空白。快跑完第二圈時，我漸感體力不支，兩條腿像灌了鉛一樣沉重。“能跑完 1500 米嗎？”眼看自己落得越來越遠，我心裏很焦急，開始打退堂鼓，不久前還如磐石一般的決心不知何時作煙雲散了。

可是，就在這時，“何娜，加油！堅持下去！我們支持你。”——這分明不是無意間遊進我耳際的聲音，分明是那三個人——她們在為我加油。我一激靈，頓覺清醒了許多，也精神了許多。

四百米的跑道被她們三個人分成三部分，她們在跑道外一個一個輪流着陪我跑。這一段還沒跑完，遠遠地又傳來另一個熟悉的聲音："加油啊！……你一定能行！"最後，我終於在她們的陪伴和鼓勵下跑完了全程。這對於別人是小菜一碟，而對我，卻是一個巨大的突破。

原來她們一直在我身邊——我為自己發現了一個真相而興奮不已。

- 作者採用了先抑後揚的手法。文章前面用大部分篇幅表現"我"所察覺的所謂"真相"——她們並不關心自己。這為後文的"揚"作了鋪墊。第四段的關聯詞"可是"的運用是全文出現轉折，由抑到揚的標誌。
- 本文採用了大量的語言描寫、動作描寫和心理描寫。譬如，開篇引入朋友的話，第二段首句"還說是朋友呢……"以及後文相關語言的直接引用，還有"鑽出來"、"盯着我"、"騰起"、"激靈"等詞或短語的運用，不但述之有序，而且語言色彩鮮明，生動活潑，明白易懂。
- "我"從第一個真相的"悶悶不樂"到第二個真相的"興奮不已"採用了直接描寫的手法，突出地表現了友情帶給"我"的巨大力量。
- 寫作過程中所使用的語言通順流暢，句子成分安排有序，使人覺得不但合乎情，而且合乎理。

秘密

凱晴

再過幾天，就是我的好朋友佳妮的生日了。我本來打算開開心心地跟她一起慶祝生日的，可是，就在這時候，她卻偏偏和我鬧翻了臉。佳妮做了一件讓我不能原諒的事情，傷透了我的心。事情發生後，別說和她一起慶祝生日了，我甚至打算報復她：在她生日的那天晚上送她一個小骷髏頭，恐嚇她，讓她不能安寢。

在佳妮生日的前一天晚上，我來到我家樓下的一家精品店，挑選了一個讓人毛骨悚然的骷髏頭，並囑咐店裏的老闆娘按我提供的地址在第二天的晚上送到佳妮家裏去。在付賬之後，我跟老闆娘聊了幾分鐘，隨口說出了要送這樣一份生日禮物的原因。老闆娘點了點頭，沒有發表意見。

第二天晚上，我一直很緊張，期待着佳妮的反應。就在我為等不到"好消息"而感到遺憾的時候，佳妮卻給我發來了短信，説感謝我原諒了她，送她可愛的小熊玩具作生日禮物。

看完佳妮的信息，我丈二和尚摸不着頭。我送給佳妮的明明是面目可憎的骷髏頭，怎麼會變成可愛的小熊玩具呢？我想問題一定出在精品店裏。於是，第二天一大早，我就來到精品店，查問事情的原由。老闆娘支吾了半天，才向我透露那個她準備永遠隱瞞的秘密：她年紀與我相仿的小女兒婷

婷聽她說起我的事情，便央求媽媽把恐怖的骷髏頭換成可愛的小熊玩具，希望能藉此幫我和佳妮彌合這段友誼。

事情終於水落石出。因為婷婷的介入，我的惡作劇變成了喜劇，而那個只屬於婷婷一個人的秘密則變成了我們兩個人的秘密。經過這件事情，我不僅與佳妮重新建立了友誼，還出乎意料地收穫了另一份新的友誼。還有甚麼比這更讓我高興的呢？

- 文章構思新穎，真實、自然地記敍了這樣一件情節交錯的事情。
- 故事發展的結局如何？文章開頭這一懸念的設置，不僅有利於推動故事情節的展開，而且引起了讀者的閱讀興趣。巧設懸念，這是本文的一大亮點。隨着故事情節的展開，懸念有了答案："我"意外地收穫了兩份珍貴友誼的禮物，一是與好朋友言歸於好，二是與婷婷成為了親密好友。三人之間友誼的情節，集中地體現出"友情如海"這一主題。
- 文章的語言平實簡潔，用詞貼切，成分搭配得當。成語"毛骨悚然"和"面目可憎"的運用，凸顯了骷髏頭的可怕，反映了"我"報復佳妮的"狠勁"。

一張卡片

蒲公英

今天是亮亮的生日，爸爸媽媽為他在家裏開了個生日會，邀請了很多亮亮的同學和朋友。明明是他最好的朋友。他每年都會為亮亮準備精美的禮物，這也是亮亮最為期盼的。

吃完晚飯，大家紛紛送上了自己的禮物，惟獨明明一直低着頭，禮物的影子都沒見着。大家不禁催促起來，亮亮也滿臉期待地注視着他。良久，只見明明慢慢地從口袋裏掏出一張卡片，不好意思地遞給亮亮："亮亮，這是我送你的生日禮物……"

話沒説完，在座的人便爆發出一陣嘲笑："哈哈哈，還説是最好的朋友，居然只送張小卡片。真小氣！"亮亮聽了，生氣地轉過頭去，把卡片隨意地丟在一旁，便開始招呼大家吃蛋糕。

送走同學和朋友，亮亮一個人坐在沙發上拆禮物。媽媽走過來問他："亮亮，明明的禮物是甚麼？""還説呢，不就是一張破卡片嗎？還害我在大家面前丟臉！"亮亮抱怨道。

媽媽聽了，鄭重地告訴他："亮亮，這樣就是你的不對了。他是你最好的朋友，你怎麼能在大家都嘲笑他的時候也跟着抱怨他呢？而且他的爸爸媽媽最近都失業了，他沒了零花錢，那張卡片是他親手製作的，你難道不為這份特殊的禮物而感動嗎？"

聽完媽媽的話，亮亮不禁羞紅了臉。他拿起那張不起眼的卡片，裏面只寫了一句話："亮亮，願我們的友誼地久天長！！！！！"

看到這裏，亮亮呆住了。就是這簡單得甚至有點俗套的話，加上後面的五個感歎號，卻承載着明明對亮亮友情的深切期盼。亮亮毅然地拿起了話筒，撥通了明明家的電話……

- 本文從身邊小事着手，開頭直接進入故事，開門見山，沒有複雜的情節，但很感人。
- 文章略寫生日派對，詳寫明明送上禮物後大家的反應及媽媽的教導，詳略得當。整個故事的行文簡潔流暢，筆墨書寫恰如其分，結尾的省略號留與讀者想像的空間。
- "一直低着頭"、"良久"、"慢慢地"、"不好意思地"，突出了一張卡片不是貴重的禮物，連明明也覺得寒酸。後來大家的"一陣嘲笑"，亮亮的"生氣地"、"隨意地"、"抱怨"就寫得順理成章。正由於亮亮不理解明明送卡片的苦衷，媽媽才會"鄭重地"教育他。"鄭重"這個詞的概念很明確，說明媽媽當時嚴肅認真。

友誼不是玻璃做的

紅彤彤

今天一整天，深深的悔恨感讓琳琳心神不寧。因為自己犯了錯誤，她覺得自己將失去小園。琳琳很後悔，想跟小園道歉，可是她發現自己連道歉的勇氣也沒有，更覺得自己似乎沒有資格再成為小園的朋友了。

終於捱到了放學，琳琳抓起書包就衝出了教室，沮喪地往前走着。忽然琳琳聽到身後有個熟悉的聲音在叫喚着自己。是小園！一時間，琳琳腦袋裏冒出了許多亂七八糟的想法：難道小園是來斥責我，説不要再跟我做朋友了？或者是想要我跟她道歉？……可是琳琳覺得自己還沒有準備好怎麼面對小園，於是她只好加快腳步，裝作甚麼也沒有聽見。

“怎麼不等我啊？以前我們都説好了每天要一起回家的。你真不夠朋友。”小園終於追了上來。

“朋友”？琳琳恍惚間聽到了這個詞語，心裏很是激動：難道小園還當我是朋友嗎？於是支支吾吾地説：“朋……友……我真的還可以做你的朋友嗎？”“甚麼時候你不是我的朋友了啊？”小園略帶驚訝地問。

“可是昨天我對你做得那麼過分，你……”“沒關係的。既然我們是最要好的朋友，我又怎麼會因為那麼一件小事而記恨你呢？你永遠是我最好的朋友！”小園微笑着説。

琳琳終於忍不住感動和悔恨的淚水，擁着小園哭了！

是啊，朋友之間不可能沒有爭吵和誤解，但友誼不是玻璃做的，一碰就碎。我們只有用一顆包容的心去體諒朋友偶爾犯下的錯誤，才能夠擁有真正的友誼。

- 本文語言成分齊全，通俗樸實，流暢連貫，關聯詞也運用得比較好。如第一段最後一句“……可是……連……也……更……”，前面的“……可是……”表示轉折，後面的“……連……也……更……”表示遞進，反映了琳琳的沮喪和絕望。
- 文章情節的展開令人稍感意外又符合邏輯，琳琳犯下錯誤，卻因為小園的包容而沒有讓這個錯誤影響到她們之間的友誼。
- 文章的心理和語言描寫都很形象，讓讀者似乎也一起進入了文中人物的內心世界。
- 文章末尾指出，友誼不是玻璃做的，一碰就碎，需要用寬容的心去維護友誼，從而昇華了主旨。

請摘下你的“有色眼鏡”

張明德

第一次見到珊，我就不喜歡她。

進高中的第一天，才到校門口我就看到了從私家車上下來的珊。她一個人往前走，媽媽跟在後面幫忙拿書包，儼然是一個“公主”。

可沒想到，我竟然和珊分在一個班，並且還成了同桌。因為有不好的印象先入為主，我怎麼看珊都覺得不順眼，雖然她常常很友好地對我微笑。

終於有一天，珊忍不住問我：“雯，我想知道你為甚麼討厭我。”我猶豫了下，但還是回答她：“我討厭你嬌生慣養的公主模樣。”珊哭了，而我沒有跟她道歉。

有一天放學，在校門口遇見了珊的媽媽。她看見我，主動跟我搭話：“你是雯吧？我是珊的媽媽。我經常在家裏聽珊提起你，說你成績好、人也很好。珊很喜歡你，很想和你做朋友。對了，你也喜歡我們家珊吧？”我沒回答，只是微笑。“你看珊平時很喜歡笑吧？其實這孩子真的很不容易啊。她從小身體就不好，每年的假期基本都是在醫院度過的。為了不耽誤學業，她堅持天天如常上學，即使不舒服也硬撐着。因為身體的原因，我們對她格外關愛，可珊卻常常不願意我們這樣做，說這樣會被同學們視為一個嬌生慣養的大小姐的。

可我們總做不到，畢竟她身體不好啊，天下的父母哪有不愛……”

我無心聽下去了，我的心在抽搐。原來，我一直戴着一副“有色眼鏡”看待珊啊！再想想平時的珊，她確實是個很好的女孩，好到似乎無可挑剔……

後來，我摘下了“有色眼鏡”，和珊成了好朋友。

如果你也像我一樣，對周遭的人帶有先入為主的偏見，請借鑒我的錯誤，摘下你的“有色眼鏡”吧！

- 從第一次見到珊就不喜歡她到後來的“我”和珊成了好朋友，文章採用了典型的先抑後揚手法。
- 在校門口看到的一幕，讓“我”對珊有了不好的印象，認為她是個“嬌生慣養的大小姐”。“儼然”這個詞概念明確，與其他句子成分搭配得當。“儼然”可以作形容詞，但在本文中作副詞，表示十分像的意思，說明珊那模樣很像一個公主，令“我”反感。接下來與珊相處的日子，“我”分明已經感覺到了珊的友好，卻仍不願意和珊做朋友。最後珊媽媽的話終於讓“我”發現了自己的錯誤，也明白到決不能戴着“有色眼鏡”看待身邊的任何一個人。只有真誠相待，身邊的每個人才能成為我們的朋友。
- 文章語言通順流暢，文筆自然、不做作，使讀者通過閱讀這樣的一個小故事而得到啟發。

友情如歌

何其妙

友情，一個我們細心體會就會感到無限溫馨的詞語，一份我們永遠追求的感情，一曲靈魂交融而演奏出的優美樂章。

我們為"士為知己者死"的赤誠之心而感動，為"桃花潭水深千尺，不及汪倫送我情"的詩句而動容，我們更渴望擁有一份如俞伯牙和鍾子期"高山流水"般的感情。

在我們的身邊總會有這樣一些人。他們不會時時陪伴在我們的左右，但卻總在我們難過時給予溫暖、在我們失意時給予力量。他們不會讓我們時常牽掛，但卻總會在某個不經意的瞬間讓我們想起。他們就是我們的朋友。友情如清茶，初嚐無味而清香彌久；友情如三月春風，時時吹拂着我們的心靈；友情如陽光雨露，為我們的成長提供養分。

朋友，可以一起打着傘在雨中漫步，可以一起騎着車在烈日下奔馳；可以有悲傷一起哭，有歡樂一起笑。朋友知道你的壞脾氣並能夠容忍你的任性，就算生氣了也會記起"你，是我的朋友"。

有位名人説："真正的朋友，在你獲得成功的時候，為你高興，而不捧場。在你遇到不幸或悲傷的時候，會給你及時的支持和鼓勵。在你有缺點可能犯錯誤的時候，會給你批評和幫助。"是啊，這就是朋友。他們不但會在你閃亮時捧上鮮花，而且會在你困頓時伸以援手。

是啊，誰都無法想像沒有朋友的世界，我們的內心將是多麼的寂寞和荒涼！既然如此，就讓我們敞開心扉，一起演奏這首友誼之歌吧！

- 文章圍繞題目《友情如歌》展開。“友情如清茶，初嚐無味而清香彌久；友情如三月春風，時時吹拂着我們的心靈；友情如陽光雨露，為我們的成長提供養分”，這樣運用排比和比喻修辭手法的句子，使文章語勢得到加強，感情得到加深，推理有據。“清香”與“彌久”搭配，“吹拂”與“心靈”搭配，“提供”與“養分”搭配，十分恰當。
- 名人名言的引用更讓文章顯得內容充實、不空洞。整篇文章就像一條緩緩流動的小溪，清秀、流暢。“高山流水”一詞出自《呂氏春秋》，講的是俞伯牙因失去鍾子期這個知音人而不再鼓琴的故事，後人因而用“高山流水”指樂曲高妙或知音難覓。文中“‘高山流水’般的感情”，是指彼此互相了解而情誼深切的感情。

媽媽的思念

莫聲香

看着院子裏盛開的海棠花，媽媽感歎道："海棠又開花了，真美啊！芳看見了也一定會讚歎不已！"

我知道媽媽的思念之情又在泛濫了。她在思念那個遠方的朋友——芳姨。

那年，媽媽高中一畢業就開始打拼，覺得年輕的自己總會創造出屬於自己的一片天地。然而現實卻讓她一再碰壁，媽媽覺得身心疲憊。

在一家玩具廠裏，媽媽認識了芳姨。媽媽說，芳姨很喜歡笑，是個樂觀開朗的女孩，她們很快成了好朋友。在很多個失意的夜晚，她們時常相擁而泣，然後互相安慰。艱難的日子造就了她們深厚的友誼。

後來，芳姨移居國外，結婚生子，因而與媽媽分開了。雖然只是偶爾打個電話、寄些東西，可是彼此的思念從未間斷。媽媽常常跟我講起她們的往事，一件件似乎都歷歷在目。

媽媽跟我說："芳姨最喜歡的花是海棠。海棠花的花語是溫和、美麗和快樂的，它常常是一株株開得嬌艷欲滴，很好看。"所以，從我記事起，家裏的院子滿是媽媽親手種下的海棠。

有一天，芳姨打電話對媽媽說："好多年沒有見到你了，也不知道你有沒有改變。好想再見見你啊！"

於是，媽媽穿着她最漂亮的衣服，帶着我站在海棠花旁照了相。我看見媽媽在相片的背後寫着："芳，我家的海棠又開花了，漂亮嗎？如果有一天，能和你一同站在我家院子前觀賞這一大片的海棠花，那該有多好呀！"

- 本文以海棠花為線索而展開，講述了媽媽和芳姨的友情故事。
- 文章首尾呼應，過渡自然，前後連貫，結構合理，主題突出，選材恰當，很有新意。
- 文章語句成分搭配得當，流暢又通俗易懂，貼近生活實際，讀來樸素而不落俗套，令人倍感親切。"泛濫"是動詞，指江河的水溢出，如"河水泛濫"。同時，"泛濫"也用來比喻壞的事物不受限制地流行，可見，"泛濫"是個貶義詞。說"思念之情又在泛濫"，是指思念的情緒不受控制地不斷湧出，說明媽媽十分思念芳姨。"思念"作為修飾語，與中心詞"情"搭配得當。在這裏，"泛濫"這個貶義詞作中性詞用，甚至是當作褒義詞去用，以反映媽媽跟芳姨之間深厚的情誼。所以說，在本文中，"泛濫"這個詞不但概念明確，而且感情色彩鮮明，可以說是用得不錯。

第二章

語言要準確

寫文章，在要求語言通順的同時，還要求語言準確。所謂準確，是指使用的語言能夠恰當地表達文章需要表達的內容。準確，一般表現在兩個方面，一是用詞準確，二是造句準確。

詞是語言的基本單位，所以用詞準確是語言準確的基本標誌。用詞準確與否，主要看作者所用的詞在性質上是不是符合實際。詞有同義詞、反義詞之分，該用某一個詞的時候，作者用了它的反義詞，當然不可以，有時用了它的近義詞，也不能算是準確。“挑釁”、“挑戰”、“挑動”是近義詞，但用法卻不一樣。“一個班的球隊向另一個班的球隊挑戰”，但不能説是“挑釁”，“黑社會的人向警察挑釁”，但不能説是“挑動”。近義詞之間詞義雖然相近，但總有細微的差別。這細微的差別反映了事物性質上的細微差別。我們在作文的時候面對着好幾個同義詞，一定要細心選擇，找一個最恰當的詞來表達。跟近義詞之間的差別一樣，詞的感情色彩也有差別。詞有褒義、貶義之分，此外還有中性詞。在作文的時候，當運用到有感情色彩的語言，一定要細心選擇所用的詞，做到褒貶恰當。如“他醉酒駕駛，造成很嚴重的效果”，“效果”帶有褒義，用在這裏顯然不恰當，改用“後果”才算準確。除了詞義、褒貶性質之外，用詞時還要區分好有關詞語的使用範圍。“人”、“人們”、“人群”，是三個不同的概念，該用“人”

的時候不用“人們”，該用“人們”的時候不用“人群”。使用修飾詞時也要注意。“完全同意”、“基本同意”、“部分同意”，“同意”的程度不一樣，修飾詞不同，也需要掌握好分寸。分寸掌握得不好，就會產生不準確的毛病。總之，要做到語言準確，一定要把握好用詞這一關，一點也不能馬虎。

所謂造句準確，就是句子要準確地表達思想內容。句子與詞是緊密相連的。如果用詞不準確，造出來的句子當然不準確，所以，要造出來的句子準確，前提是做到用詞準確。句子除了跟用詞有關之外，還跟句子的形式有關。句式有多種，有：判斷句、陳述句、疑問句、感歎句等等。在甚麼情況下用哪一種句式，都需要細心選擇。有一個同學屢次故意違反學校紀律，還聲言這樣做沒有甚麼了不起，你可以用反問的句式反問他：“難道學校的紀律不需要遵守嗎？”但是一個同學偶然違反紀律，就不能用這樣的句式，只需用陳述句，要心平氣和地說：“你需要遵守學校紀律。”那就可以了。句式選用得準確，除了可以準確地表達作者想要表達的意思，還可以準確地表達作者的態度和感情，從而收到很好的效果。

跟語言通順一樣，語言是不是準確，不能孤立地看，應該結合具體的語言環境來決定。只要做到在某一語言環境中的準確，才算是真正的準確。

文章題目	用詞注意點	運用句式	文風
借一片晴天給你	區分詞語的感情色彩	陳述句	明白、流暢
許願樹下	修飾限制有分寸	陳述句	明白、流暢
對不起，阿籽	區分同義詞細微的差別	反問句	簡練、樸素
貝殼船	區分同義詞細微的差別	比喻句	明白、流暢
溫暖的關愛	區分詞語的感情色彩	設問句	簡練、樸素
最好的禮物	區分詞語的使用範圍	感歎句	真實、不誇大
級社社長選舉	修飾限制有分寸	疑問句	簡練、樸素
一路有朋友	區分同義詞細微的差別	排比句	明白、流暢
月色溶溶的夜晚	區分詞語的感情色彩	感歎句	真實、不誇大
有你真好	修飾限制有分寸	陳述句	真實、不誇大
鉛筆和鋼筆	區分詞語的使用範圍	“被”字句	簡練、樸素
麗莎的記事本	區分詞語的感情色彩	因果複句	明白、流暢
儲錢罐	修飾限制有分寸	反問句、祈使句	真實、不誇大
和琴有關	區分同義詞細微的差別	反問句、感歎句	簡練、樸素
松鼠過冬	區分詞語的感情色彩	祈使句	明白、流暢

借一片晴天給你

方國柱

開學第一天，就聽同學説會有轉校生進來。果然，上課鈴一響，老師便領着一個女孩走進了教室。只聽她自我介紹道："大家好，我叫秦 風……"

她話還沒説完，我就覺得自己的頭"嗡"的一聲大了，班上隨之爆出一陣哄笑。她居然和我同名！

從那以後，我便成了大家的笑料。每天，都有男同學故意叫我的名字，然後在我轉頭的時候笑着說是在叫那個女孩。於是連帶的，我越來越厭惡這個與我同名的插班生。

轉眼，她已經來了兩個月。可我卻從沒和她說過一句話，生怕被人撞見了又開玩笑。可愛開玩笑的不止他們，上天也是。一天放學後，我做完教室的壁報，正要回去的時候卻突然下起了大雨。就在我以為註定逃脫不了成為落湯雞的命運的時候，頭上卻突然多了一把雨傘。轉頭一看，居然是那個和我同名的女孩！

我一把推開她的傘，也不知這樣做是果斷還是武斷。我正猶豫着該怎麼婉拒她，她卻淡然一笑："你還是不是男子漢啊？居然連和我同撐一把傘的勇氣也沒有！"

被她這麼一說，我只好硬着頭皮和她走入了雨中。一到家門口，我便迫不及待地衝了進去，甚至連謝謝都忘了說。

第二天，我在課桌裏發現了一張紙條："其實，多一個朋友就像多一把雨傘，在沒有帶傘的雨天，另一個人能借給你一片晴天。"

看完紙條，想起之前的種種，我突然無比內疚。是啊，友情是沒有性別之分的！連她都能夠拋開世俗的眼光，為甚麼我這個男子漢卻不能呢？

想到這裏，我聽到了教室開門的聲音，回頭一看，正好是她。於是我轉過身，微笑着走過去："嘿，早上好，秦風！"

- 本文中的男女主角同名，所以生活中難免會發生一些摩擦。但作者卻並沒有記流水賬似的把全部事情都寫出來，只是一句帶過，“轉眼，她已經來了兩個月。可我卻從沒和她說過一句話，生怕被人撞見了又開玩笑”。這就把他們之間的疏離關係展現得清楚而又自然。
- “多一個朋友就像多一把雨傘，在沒有帶傘的雨天，另一個人能借給你一片晴天”，這幾個陳述句貼切生動，與小故事聯繫緊密。“我一把推開她的傘，也不知這樣做是果斷還是武斷”。“果斷”和“武斷”意思差不多，都是指下判斷，但兩者感情色彩不同，前者是褒義詞，後者是貶義詞，因而使用範圍各有不同。“果斷”指不猶豫、有決斷，多用於形容人的行動或語言。“武斷”指主觀地、輕率地下判斷，聽不進他人的意見，也不考慮客觀實際。所以，“我”推開她的傘的做法是“武斷”的。

許願樹下

龍美玲

去年夏天，學校推薦我去參加一次全港中學生作文比賽。雖然我的作文水平在學校裏是數一數二的，但這是一次高手雲集的比賽，因此，對於取得好成績，我沒有十分的把握。

一個晴朗的午後，我懷着忐忑不安的心情來到離學校不遠的一棵許願樹下許願。我希望許願樹能賜予我魔力，使我在這次比賽中取得想要的成績。就在我虔誠地許願的時候，一輛輪椅悄悄地停在我的身邊。輪椅上坐着一位面容蒼白卻滿臉微笑的少年，他說他名叫普志，他很友好地跟我打招呼。從他的口中我得知他患上了白血病，過一段時間就要去美國進行骨髓移植手術了。對於即將進行的手術，他同樣也沒有把握，內心十分忐忑，因此前來向許願樹許願。

許願樹下的萍水相逢，讓我與普志很快成為了朋友。我們經常在一起談論人生，談論理想。在交談中，我驚訝地發現，我與普志竟然是那麼的志同道合。

作文比賽前夕，普志離開香港去了紐約。從那以後，我與普志每天面對面的交談改為了來來往往的電子郵件。普志是一個非常有思想的男孩，他的每一封郵件都會帶給我新的啟發。不久，比賽的結果出來了，我沒有取得想要的成績。這對於一直生活在光環下的我打擊很大。當我把這個消息通過電話告訴普志後，我本以為他會同仇敵愾，一起悲傷，沒料到他只是跟我說：“這算甚麼？你人生的路還長着呢！只要還活着，就還有機會！”他的話讓我不禁一驚，不由自主地開始為他的手術擔憂。

在接下來的幾天裏，我沒有了普志的消息。莫非是他手術失敗了？

一天下午，我又來到許願樹下，許下了一個虔誠的心願。這次不是為了我自己，而是為了普志。

從許願樹下歸來，我打開電腦，發現有新的郵件。是普志發來的，他告訴我，手術非常成功，下個月就可以出院了。

看完郵件，我內心一陣激動，不禁想起蘇東坡的一句話來：但願人長久，千里共嬋娟。

- 文章表面上是在寫許願樹，實際上是在寫一段純真、感人的友誼。“我”與患白血病的少年萍水相逢，因為志同道合而成為了好朋友。當作文比賽失利的時候，“我”得到了朋友最真誠的鼓勵。在與朋友失去聯絡的時候，“我”也對他格外牽掛，並為他虔誠地許願，結果美好的願望得以實現。
- 文章的語言凝練而自然，沒有雕琢的痕跡。比如說：作者在描寫“我”與普志的感情時，在一個陳述句中用了“志同道合”這個成語，把他們之間真摯、深厚的友情展露無遺。再比如

說，通過引用“但願人長久，千里共嬋娟”這句話，表現了“我”與普志這份友誼的高尚、真誠，做到了着墨不多而意味無窮。“把握”有控制的意思，作謂語，賓語可以是具體的事物，如“把握方向盤”，可以是抽象的事物，如“把握機會”。當“把握”作賓語，“有”或“沒有”作謂語，如文章開頭講，“對於取得好成績，我沒有十分的把握”，“把握”就理解為信心。本文使用“把握”這個中心詞時，用“沒有十分的”去修飾限制，比較有分寸，就是說，比較準確。

對不起，阿籽

孫耀明

“這次會考模擬試的情況總體來説都不錯，尤其是阿籽同學……”老師在上面説着。

我裝作鎮定，腦袋卻一片空白。阿籽怎麼會超過我？她怎麼可能一躍而成為第一名？而我，所謂的“考試王”卻跌了好幾個名次。我使勁地掰着自己的手指，始終不敢相信這個事實。教室裏一片“嘖嘖”聲——以前屬於我的讚歎聲現在聽起來像一種無情的嘲諷。我裝作輕鬆的樣子為阿籽叫好——為顯示自己的“風度”，也因為阿籽確實是我最要好的朋友。可積壓在心裏的不安還是漸漸轉化為一種莫名的委屈和憤怒。

“讓我看看你的問題出在哪兒。”下課後，阿籽伸過手來，要拿我的試卷。

我遲疑着沒有給她。

“讓我看看嘛。”她又一次把手伸了過來。

“幹嘛，你要幹嘛？！不就考了一次第一嗎？有甚麼了不起的！”我忍不住吼了起來。教室裏頓時變得鴉雀無聲。

她的手懸在空中，一臉驚愕。

放學後，我昏昏沉沉地抓起書包就跑出了學校——第一次沒有等她。“有甚麼了不起，哼，看我下次……”橫過馬路時，我的心裏仍很氣憤。就在這時，“小心！”我只覺背後被人猛地推了一把，便重重地摔在了街邊。真是屋漏偏逢連夜

雨，我忍痛爬起來正待發作。周圍有人驚叫起來。仔細一看，我驚呆了：是阿籽。她臉色慘白，雙手緊緊捂着膝蓋，鮮血從她的指縫裏滲出來……。

“如果我也像阿籽一樣努力，如果我沒有那麼心胸狹窄，如果我沒有那麼任性……“急救車上，凝視着她被鮮血浸濕的褲腿，我的心像被利刃剜割着，疼痛難忍。

“記得過馬路要小心……你一直是最優秀的，知道嗎？”阿籽喃喃道。

“對不起，阿籽。都怪我……”我忍不住哭出聲來。

- 本文用語真切生動，寫得感人。它給我們講述了一個以會考模擬試為背景的故事：“我”因為考試失敗，嫉妒心起，罵了成績名次超過自己的朋友，但朋友不計前嫌，在緊急關頭救“我”而受傷。
- 作者開篇進行了大量心理描寫，感情表現強烈，為故事情節發展做好了鋪墊。一個“吼”字用得貼切傳神，預示着故事進入高潮。之後的“推”、“摔”、“爬”、“看”、“驚”、“捂”、“哭”等一系列動詞使故事高潮迭起，情感也隨之出現激變：由憤恨轉向感激和悔恨。“憤怒”和“氣憤”是同義詞，前者指極度不滿而發怒，後者指激動而生氣。兩個詞都反映了“我”妒忌阿籽考得比“我”好的情緒。“不就考了一次第一嗎？”這是反問句，加強了語氣，把意思表達得更加強烈。

貝殼船

高子彬

綠蘿樹旁，鑲花邊的籃子被客人們大大小小的禮物裝得滿滿的，像吃撐了的餓漢，透出一種很滑稽的自在與招搖。當最後一位客人離去，我一邊祈禱——請賜給我一艘船模吧，一邊迫不及待地撲向籃子。每拆開一件禮物，在為收到一份別致的禮物而感到欣喜之後，我的心也一點一點跌到失落裏。

“我是你的幸運星呢！”腦中迴響起她熟悉的聲音。“難道就是因為她沒來，我的船模才沒出現？”低下頭，我知道我在胡思亂想。“給她發郵件，邀請她來參加生日宴會，難道她不明白我是在變相道歉嗎？因為不肯原諒我的過錯，所以她連電話也不接嗎？她這種態度決定了我們不再是朋友了，那我還為失去一個一點寬容心都沒有的朋友惋惜甚麼呢？！……”我暗想。

就在我打算“抽刀斷水”的時候，門鈴響了。

是她！

“生日快樂！”她一邊把懷裏抱着的一艘小小的貝殼船遞給我，一邊說，“差最後一片貝殼。剛剛找到……”

我接過貝殼船。它不算精緻，卻透出海的氣息，透出她特有的執着與真摯——只有她記得我喜歡航海。

我心裏一暖，一把將她拉進屋來。她的手出奇的粗糙，我抓起來一看——一小塊一小塊的，都是強力膠速凝後乾硬

的痕跡。我彷彿看見她在沙灘上仔細地搜撿她認為最合適的貝殼，然後又笨拙地用強力膠將貝殼一塊一塊黏成她認為最理想的船型。她那樣小心，手指卻還是一次次和貝殼黏在了一起……我鼻頭一酸。我想要一艘船模，而她卻給了我一片海洋。

- 本文開篇的比喻句生動而巧妙，把裝得滿滿的籃子比作“吃撐了的餓漢”，道出了禮物之多。另外，禮物雖多卻沒有“我”想要的，這一矛盾巧妙地反映了這樣一個事實：“我”的親戚朋友雖多，卻沒有幾個留心過“我”喜歡甚麼的。這有利於突出下文收到朋友禮物時的感動——她遲到了，卻送來了一顆真誠的心。
- 前兩段的失落和最後一段的感動構成對比，對失落的大肆着墨有助於後文情感的渲染。“她這種態度決定了我們不再是朋友了”，“決定”一詞用得對。一般來說，“決定”一詞有三種解釋，一是對怎樣行動提出主張，二是作名詞用，指決定的事項，三是指 A 對 B 起主導作用，成為 B 的先決條件。文中的“決定”作第三種解釋，指“她這樣的態度”是導致“我們不是朋友了”的原因，是先決條件。“決定”跟“決斷”意義相近，前者有這樣的用法，後者沒有這樣的用法，不能表示 A 對 B 起主導作用。

溫暖的關愛

萬秋萍

或許是性格上的互補，嬌生慣養的漫漫與穩重的小英是最要好的朋友。她們同班且同桌，所以大部分時間都呆在一起。

小英家開了個雜貨店，爸媽做生意非常辛苦。所以，雖然雜貨店離學校較遠，但懂事的小英幾乎每天放學後都會早早地回去幫忙。這使她一天下來很是勞累。善良的漫漫知道後，便常常借學習之名把小英拉到自己家裏，其實她是想讓小英在自己家好好放鬆放鬆。

這幾天，小英老是咳嗽，吃了好些藥仍不見效。漫漫擔心倔強的小英會拖着病怏怏的身子在雜貨店操勞過度，便想方設法拖延小英回家的時間。“怎麼辦？下週就要考試了，老師講解的題目我還沒弄懂呢，我數學本來就差……”漫漫故作為難狀，“你數學好，去我家幫我輔導輔導嘛……”漫漫使出她的“撒嬌大法”，軟磨硬泡，小英終於投降。

到家後，漫漫便端出一大碗事先要媽媽準備好的冰糖蒸梨子：“快吃喲，還熱呢！我媽說這對咳嗽有好處的。”小英疑惑地望着漫漫：“你好像沒咳嗽呀，你媽媽為甚麼會準備這個？”為了不被小英識破，漫漫只得夾了一塊放到嘴裏：“哎呀，不咳嗽也可以吃一些，潤潤喉的嘛！”小英笑笑便沒說甚麼了。但是，聰明的她又怎會不知道漫漫的良苦用心呢？

第二天一早，小英一覺醒來，咳嗽果然好了許多。小英覺得心裏熱乎乎的，是冰糖蒸梨子的功效嗎？不全是，溫暖着她的還有朋友那無微不至的關愛啊。

- 本文敍述的故事，主人公之間的友情是真摯的。文中重點刻畫了嬌生慣養但又十分善良的漫漫的形象，從她囑咐母親準備冰糖蒸梨子這個細節，我們可以感受到她的心靈是多麼美好。
- 結尾段的設問句自問自答，很好地昇華了文章的主題。“穩重”、“懂事”、“善良”、“聰明”、“無微不至”是褒義詞，“嬌生慣養”、“倔強”在文中是貶義詞，正確使用這些褒義詞和貶義詞，有助於全面地反映漫漫和小英的性格。

最好的禮物

周一景

甯寧背着書包，走在冷清寂寥的街上。枯黃的樹葉被風一吹就紛紛落下，猶如翩躚的黃蝴蝶。可是，她卻無心觀賞。

"嗨，怎麼垂頭喪氣的？"卓娜那銀鈴般的聲音傳過來，"哈哈，再過幾天就是你的生日了。到時我可不會嘴下留情哦，一定要把肚子撐成皮球才甘心呢！"卓娜越是這樣說，甯寧就越是難過，不覺間眼淚便流了下來。卓娜慌了，忙安慰她。甯寧抽抽搭搭地說出了她多年的心事。原來，每次生日，甯寧都不開心，爸媽因為忙於工作的緣故，總是在那天給她一些錢就了事，從來沒有陪她過生日。

最後，卓娜把甯寧送回家。趁甯寧外出的那麼一小會，她以一種比較委婉的方式向甯寧的爸媽說出了甯寧的心事，甯寧的爸媽聽完後很是愧疚。

11 月 8 日，甯寧心事重重地走回家，心中有一種難以排遣的鬱悒之情，感覺頭頂的烏雲要把她壓得喘不過氣來了。沒想到一開門，她便看見閃着燭光的蛋糕和一個大大的粉紅包裝盒。爸媽笑着攬甯寧入懷："對不起，我們太忙也太疏忽了，從來沒為你慶祝過生日。以後，我們每年都要讓你的生日過得像個小公主。"甯寧欣喜地叫起來。

第二天放學時，甯寧興奮地跟卓娜講起爸媽給她的驚喜。卓娜淡然一笑："傻瓜，當然啦，我就說過嘛，叔叔阿姨

只是一時疏忽。你啊，本來就是他們的掌上明珠嘛！”她們的笑聲灑滿一路。而那，正是友愛之聲啊！

- 本文語言生動形象。
- 首段將紛紛落下的枯黃的樹葉比作翩躚的黃蝴蝶，這一比喻傳神地展現了落葉的情態。“翩躚”用來形容舞姿飄逸輕快，使用範圍以舞姿或類似舞姿的動作為主，如“翩躚舞姿”。
- 後面將烏雲用來形容甯寧的抑鬱心情，貼切地展現了人物的心情。
- 接下來對卓娜的語言描寫活潑俏皮，使得人物性格突出，形象躍然紙上。這裏使用了感歎句，抒發了較強烈的感情。與“哈哈大笑”、“笑”不同，作者善於區分不同詞語的使用範圍，選用“淡然一笑”一詞，表現出卓娜幫助朋友後的淡然與不動聲色，體現出她對朋友的體貼與顧念，感情真摯。

級社社長選舉

何其妙

今天級社社長選舉，嵐嵐心裏可緊張了。她一心想着做社長，同學們會不會選她呢？

上課鈴剛響，老師就宣佈選舉的章程：有意願的同學先上台演講，然後全級同學投票，票數最多的同學就當選。

嵐嵐一個勁地在背誦演講稿，手心都出汗了，心裏像十五個水桶打水，七上八下的。老師宣佈選舉開始。嵐嵐本想第一個跑上台的，正要抬腳，發現靈靈已經站起來了。

嵐嵐一下子蒙了。靈靈怎麼會想到當社長的呢？靈靈是自己最好的朋友，她從來沒說過想當社長的呀。靈靈活潑大方，做事情風風火火，班上昵稱"辣椒妹"，同學們都很喜歡她。會不會被比下去？要不就讓給她做，乾脆不上台演講了。嵐嵐心裏的念頭像流星一樣飛快地轉動着。這時，靈靈已經聲情並茂地開始演講了。同學們時而被她逗笑，時而被她打動。她講完後，教室裏爆發出一陣熱烈的掌聲。

最後，靈靈鼓勵地說了句："劉嵐加油！"這句話，撥開了嵐嵐心中的一陣烏雲。嵐嵐豁然開朗，從容地走向講台。

嵐嵐演講完後，沒有馬上走下講台。她望望靈靈，說："我和靈靈都想當選社長，但是社長只有一個。知道靈靈也想當社長的時候，我很矛盾。我想，我們不管誰沒有當選，我都會難過。但是聽到靈靈說'劉嵐加油'的時候，我又想，不

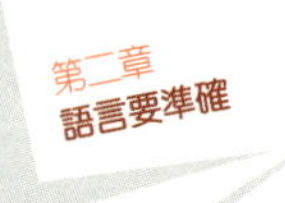

管我們當中誰當選，我都會很高興，為自己或是為靈靈而高興。我想靈靈也一定是這樣想的。”

靈靈微笑着點點頭。

其實，誰當社長並不重要，重要的是朋友之間的相互支持和尊重！

- 這篇文章，講述了兩個好朋友競爭一個級社社長職務的故事。文章對嵐嵐的心理描寫很細膩。開始是“緊張”，然後用俗語“十五個水桶打水，七上八下的”進一步寫出她內心的忐忑不安。在寫到她知道靈靈也想當社長時，用“像流星一樣飛快地轉動着”，去形容她一下子慌了，各種念頭湧出來。到最後，靈靈的一句“劉嵐加油”，“撥開了嵐嵐心中的一陣烏雲”。這些心理描寫準確生動，有力地表現了人物的性格。用“一陣”去修飾限制“烏雲”，分寸掌握得很好。
- 第一段有一個疑問句，“同學們會不會選她呢？”這樣一問，就引起了讀者的興趣，令讀者急着想知道結果，繼續看下去。

一路有朋友

鄭志嘉

人生就像一次漫長的旅行，一路相伴有朋友。

我們經過很多城市，看過很多花開花謝，經歷過無數風雨。我們總能在正確的時候，遇到生命裏正確的人。他有時笑着走向你，給你一片春光明媚；有時帶着嚴肅深邃的神情，向你解釋生命的奧秘；有時流着淚擁抱你尋求安慰，使你懂得給予的意義；有時又對你嚴厲斥責，使你懸崖勒馬、知過改悔。這，就是朋友。無論生命處於低谷高潮、歡樂憂傷，無論生命的旅程是平坦順暢還是崎嶇坎坷，他總是陪伴着你。他和你分擔雷電風雨、霹靂霜雪，也和你分享朝陽夕輝、彩霞虹霓。你高貴的地位不是他虛榮的裝飾，你雄厚的財富不是他熱切的攀附，你卓越的學識不是他浮誇的炫耀。在他心中，你是他情感的依託，你是他內心裏最柔軟的角落。

或許你們愛好的電影不同，喜歡的甜點不同；或許你們也會為了一本書的優劣而爭得面紅耳赤，但是只要在一起，一個人的快樂就會蔓延成雙倍，一個人的悲傷就會淡化消失。或許你們的性格一個像夏天般激烈，一個像冬天般冷靜，但是只要在一起，你們就能將寒冷的冬天變成溫暖的春天，將酷熱的夏天變得秋高氣爽。你們的地位，你們的性格，你們巨大或細微的差別，都不能阻擋友誼這條紐帶將你們緊緊連接。

感謝上天，賜給我們朋友！在長而寂寞的旅途上，我們經歷了相遇、相識、相知、相許，將短暫的人生演繹得如火如荼，美麗動人。

- 這是一篇文辭與內容兼美的散文。文章將人生比喻為一場旅行，而朋友就是旅行中的伴侶，用優美的語言、跳動靈活的句式，向我們揭示了朋友的真正內涵。
- 本文最有特色的是，善用排比句，達至氣勢恢宏、一氣呵成的效果，對於文章主題的深化，起了重要的作用。
- 文章又用具體而精煉的事例，點出朋友在生命中的重要意義。第二段的"嚴肅"與"嚴厲"是同義詞。"嚴肅"可以用於形容人的神情、作風、態度或場面的氣氛，指使人感到敬畏，如"神情嚴肅"，也指嚴格認真，如"態度嚴肅"。"嚴厲"的語氣較"嚴肅"重，指嚴肅而厲害。文章講的"嚴厲斥責"，指認真尖銳、毫不留情地斥責。

月色溶溶的夜晚

盧桂強

月光恍如水銀，傾瀉在大地上，天地間一片空明澄澈。

嵐嵐靜靜地走着。儘管活潑的欣欣一直安慰着她，她卻一直鬱鬱寡歡。欣欣明天就要移民國外了，從小一起長大的朋友，多麼難以割捨啊！

彷彿連草叢裏的小蟲也在唱着別離的歌曲。這條長長的小路，這些長在路旁的香樟樹，這些石縫裏開出的紫色花，以後再也見不到這兩個好朋友形影不離的情景了啊！

"看啊，我們的嘟嘟已經長得這麼高了。"欣欣撫摸着道旁的秀美的一棵樹說。真的呢，那是她們上小學時候種的樹。那時欣欣紮着兩條小辮子，呼哧呼哧提水的樣子彷彿還在眼前。

嵐嵐陷入深深的離別憂傷裏。欣欣說："嵐嵐，我們一直會是好朋友，你不要再這麼傷心了啊！"但是嵐嵐一點也聽不進她的話。

欣欣忽然靈機一動，吹起了口哨，是兩個人都很喜歡的《春江花月夜》。嵐嵐彷彿看到了春江的潮水，海上的明月，月下的樹林和輕盈飄逸的霧氣。多少次，她們一起合奏過這曲子。嵐嵐覺得自己的心靈也輕輕搖曳起來，那麼平靜，那麼祥和。

“海內存知己，天涯若比鄰啊！”欣欣見機說道：“只要我們的心是一樣的，不管是甚麼樣的距離，都不會阻擋我們的友情。”

嵐嵐點點頭，抓緊了欣欣的手：“以後，我彈這首曲子時就會想起你。”

欣欣也握緊了她的手：“快一點，我們還有時間，我們回去再合奏一次好不好？讓我們牢牢記住這樣的感覺。”

兩個女孩子在月光下奔跑起來，笑聲撒落一地。

- 本文文筆優美，運用詞語純熟練達。作者選取了月光、小路等意象，盡情抒寫。用水銀比喻月光，突出其柔軟銀白。“傾瀉”這個詞用得十分準確，寫出了月光如水的樣子。
- 寫嵐嵐聽到《春江花月夜》後的聯想，作者所用的形容詞“平靜”、“祥和”也很貼切，使讀者感受到一種美麗的景象。其中，“祥和”是褒義詞，指吉祥、平和，反映了嵐嵐很喜歡這曲子，一聽就靜了下來。
- 從嵐嵐不捨朋友離開，欣欣則安慰她，直到最後嵐嵐明白過來，寫這個過程時，適當地使用了一些感歎句，寫出了兩人深厚的友情，與文辭映照。

有你真好

牛津人

西西心裏難過極了，這次芭蕾舞舞劇又只能跳女二號了，因為小莫在。但西西和小莫是好朋友，西西打心眼裏欣賞她，一點也不妒忌她。

排練開始了，小莫"跳"公主，西西則是公主侍女。但不知道為甚麼，小莫老是出錯，動作也有點僵硬，老師提醒了好幾次，她也改不了。西西卻很容易就學會了老師教的動作，像一隻美麗的天鵝翩翩起舞。老師滿意地點着頭。

晚上回家的時候，西西問小莫："小莫，你有甚麼心事嗎？今天跳舞一點也沒有展現你的水準。"小莫淡淡地笑了："我不喜歡這個角色，沒有感覺，怎麼能跳得好呢？"

最後，老師決定讓西西"跳"公主，小莫"跳"侍女。西西心裏高興極了，但又覺得很不安，畢竟公主這主角本來是由小莫"跳"的。她沒有多想甚麼，在接下來的排演中付出了全部的熱情。

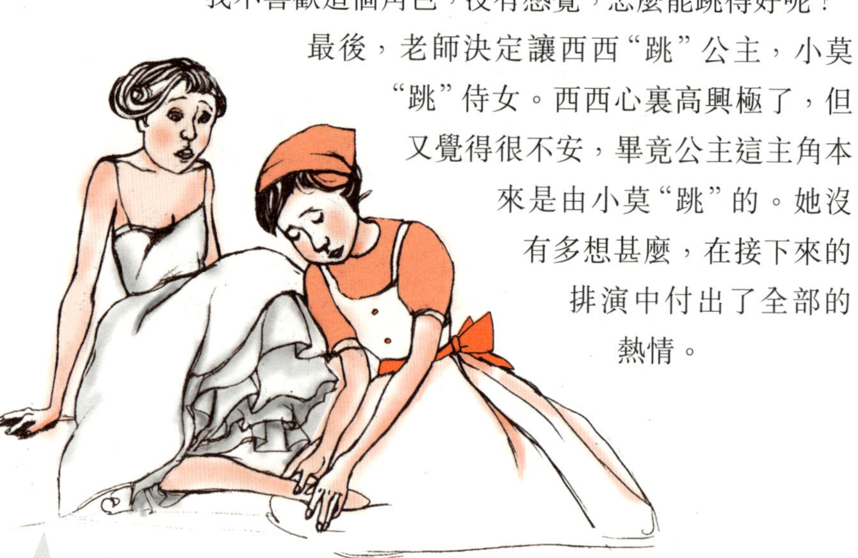

馬上就要全校公演了。還想做最後一次練習的西西，忽然尖叫了一聲，隨即倒在地上：西西崴了腳了。大家急得不知所措。這時候，老師不得不另作安排，説："替補上，小莫扮公主，敏兒扮侍女。"

表演開始了。西西在幕後看着小莫跳得那麼精彩，驚訝地對老師説："實在太精彩了！可她排練的時候怎麼那麼差勁？"這時候，老師終於忍不住了，説："其實讓你演一號，是小莫的主意。她知道你很想演公主，就故意讓給你了。我也認為你很有潛質，應該給你一個機會，不能埋沒了你的天分，於是就嘗試着讓你跳女一號……"

西西看着台上美麗的小莫，眼睛不禁濕潤了，説："有你真好！"

- 這篇文章寫了兩個跳芭蕾舞的女孩子的故事，讀者看完文章，會覺得她們的心靈就像她們的裙子一樣潔白。本文語言不尚華美，但是清新流暢。
- 故事一波三折，先寫西西很難過，繼而寫西西可以"跳"公主，接着寫西西崴了腳，最後寫老師揭示真相。作者依靠準確的詞語和句式的運用，將故事構建了起來，使我們看到了感人的友情。"動作也有點僵硬"，用"有點"去修飾"僵硬"，很有分寸。
- 本文有較多陳述句。如"老師滿意地點着頭"便是陳述句，敘述了老師對西西跳舞技巧的肯定。

鉛筆和鋼筆

文中子

又是週末，我們在老師的帶領下去老人院看望孤寡老人。我們唱歌、跳舞、説相聲、玩遊戲，老人院裏充滿了歡聲笑語。

我在院子裏澆花，突然看到不遠處有一位老人正坐在樹底下翻看着甚麼，臉上洋溢着溫暖的笑容。

走過去一看，才發現老人拿的是牛皮紙包裝的記事本。因為常年帶在身邊，記事本的邊緣早已染上了時光的痕跡。

老人見到我，便大方地讓我看。只見紙張的正面是用鋼筆寫的，字跡工整清晰，而背面則是空白的。我不禁好奇起來，疑惑地看着老人。

他微笑着摸摸我的頭，從口袋裏掏出一支鋼筆和一支鉛筆，解釋道："這個本子是我的好友送的，我用它來記錄美妙人生的回憶。愉快的事用鋼筆記下來，不愉快的事就用鉛筆記下來。因為鉛筆的字跡可以用橡皮擦掉，因而留下的就全都是美好的回憶了。"

我被這種處理朋友關係的方式感動了，心中感到敬佩："老爺爺，您和您的朋友認識多少年了？""呵呵，可長了，至少也有六十年了吧。你看，他在那，我住進來以後，他每天都會來看我。"

順着老人手指的方向看去，果然有一位精神矍鑠的老人正快步朝這邊走來，臉上帶着老朋友見面的那份喜悅。

那個下午，我去文具店買了鉛筆、鋼筆和記事本。我在本子的第一頁寫着："謝謝您，老爺爺，是您教會了我保留朋友之間美好回憶的'秘方'！"

- 文章開頭把故事發生的時間、地點交代得很清楚，也奠定了本文溫暖的基調。
- 本文寫故事也很注意用詞的精煉和造句的講究，例如第六段的"被"字句，沒有囉嗦拖沓的毛病。最後以"我"寫在記事本上的話結尾，昇華了主題，也顯得簡潔。第五段的"美好"同"美妙"是同義詞。"美好"指前途、生活、理想、願望等使人滿意，很好。"美妙"指青春、幻想、詩篇等具體或抽象的事物美好、奇妙，使用範圍比"美好"廣。

麗莎的記事本

冯秀英

麗莎經常會在一個記事本上寫些甚麼。林茵很好奇，可又一直不好意思要求讓自己看看。

林茵因為脾氣不是很好，所以常常朝麗莎發脾氣，但是麗莎每次都能原諒她。這次林茵又失控了。放學後，麗莎第一次沒有等上林茵就回家了。收拾書包後，林茵無意間看到麗莎課桌上那本漂亮的記事本。受好奇心的驅使，林茵忍不住拿起了它。

打開記事本，看着裏面的內容，林茵一時間驚呆了。只見裏面密密麻麻地寫着：

＊月＊日，我膽子很小，林茵鼓勵我去參加級社幹部選舉。我鼓起勇氣參選，沒想到竟然選上了，謝謝林茵的鼓勵。

＊月＊日，明天是星期六，林茵買了我最喜歡的薯片給我度週末。

＊月＊日，林茵送了我一支漂亮的圓珠筆，我很喜歡。

＊月＊日，林茵說我今天紮頭髮用的花很漂亮。

＊月＊日，今天林茵又給我補習數學了。我數學不好，幸好有她在。

……

11 月 10 日，今天林茵衝我發脾氣了。我有點生氣，可我知道她是無心的，我決定明天才原諒她。

看着這些，林茵很感動。其實很多時候，麗莎對林茵比對任何人都好，可林茵卻常常會無緣無故地對麗莎發脾氣。可是麗莎並不多計較，在記事本裏，記下的全是林茵對她那些微不足道的好。林茵這才明白，正是因為麗莎一直都只記着她的好，才會一次又一次地原諒她的過錯。

第二天，林茵跟麗莎道歉了，麗莎很快就原諒了她。可林茵沒有跟麗莎説自己偷看了她記事本的事情，只是決定從今天起，也要買一個記事本，每天都記下麗莎以及旁人對自己的好。

- 這篇文章以流暢的文筆，以一個筆記本為線索，記述了一個溫馨的小故事，使讀者領略到孩子們單純的友誼。
- 本文關聯詞運用得比較好，如用“因為……所以……”造句，一個單句表示原因，一個單句表示結果，構成因果複句。文中的因果複句、轉折複句、陳述句等句子做到了成分齊全、符合順序，支撐起了整篇文章的框架，使文章顯得充實、通暢、可讀性強。
- 第二段的“失控”是貶義詞，指情緒、局面等失去控制。文章說“林茵又失控了”，是說她又亂發脾氣了。

儲錢罐

易 邦

聖誕節，小惠送了我一套宮崎駿的動畫片。那可是我一直想要的禮物啊！但是因為價格比較貴，我沒有捨得買。

一天，我去小惠家玩。來到小惠的臥室，發現她書桌上的熊貓儲錢罐不見了。“小惠，你的儲錢罐呢？”我急着問。那可是小惠的寶貝，是她爸爸買回來送給她的。那個儲錢罐很特別，只能往裏放錢，卻不能從裏面拿錢出來。

“哦，我……我……不小心把它給摔爛了。”小惠吞吞吐吐地說，低着頭，不敢看我。

“你騙我！快說！儲錢罐去哪裏了呢？”我不相信小惠講的話。她平時那麼愛惜那個儲錢罐，怎麼可能會不小心把它給摔爛了？

“都說被摔爛了，你怎麼就不相信我呢？”小惠急得漲紅了臉。

“肯定不是這樣的！你要是不告訴我，我就生氣了！”說着，我就推開門，準備離開。

“別！”小惠一把拉住我。

“那行，你快告訴我儲錢罐到底去哪了。”我咄咄逼人地說。

“其實……”小惠仍舊支支吾吾的。

“其實甚麼呀？快點説呀！”“其實是我把它砸了的。”小惠輕聲地説。

“為甚麼？”我問。

她沉默不語。

“難道是因為那套……”我忽然想起她送我的聖誕禮物。我簡直不敢相信，心裏也像打翻了五味瓶一樣，甚麼滋味都有，自責、難受、感動……難怪小惠買得起那套宮崎駿的動畫片，我了解了。

小惠似乎看出了我的心思，笑着説：“其實沒甚麼，不就是一個儲錢罐嘛，以後再買個不就行了？”“可是……你怎麼這麼傻啊？”我緊緊抱住小惠。

- 文章圍繞儲錢罐記敍了一對朋友間的小故事。在寫作手法上，作者充分運用準確的動作和心理描寫，使文章更加具體、生動。
- 口語化語言的使用，使文章自然、通順流暢，讓讀者在不加雕飾的語言中，體會到真摯的情誼。
- 反問句、祈使句的交錯使用，使文章句式更富於變化，效果不俗。在詞語的修飾限制方面也做到有分寸，如“價格比較貴”，用“比較”去修飾限制“貴”，説明那套動畫片雖然貴，但並不是貴得不得了的那種。

和琴有關

譚可兒

她姓楊名琴，和我一樣，是個地地道道的“樂迷”。她剛轉學來到這間學校時，我們誰也不服誰。在我眼裏，她不就是能吹會拉嘛，成績可不怎麼樣呢。以前上音樂課，老師總讓我教大家拉小提琴，我可以趁機“展示”我的才藝。可自從她來了，我表現的機會越來越少了。想到如此種種，我怎麼能不氣她呢？

揚眉吐氣的機會終於來了！香港學界要舉行小提琴大賽，經過一番激烈的競爭，我和楊琴同時獲得參賽機會。我可不把她放在眼裏，小提琴的獎我都不記得拿了多少……

萬事俱備之時，卻狀況百出。比賽前一天，楊琴因被巴士門夾傷手而退賽，而我竟然迷糊到去賽場時把小提琴遺留在的士上。一時間，我六神無主，之前的神氣勁全沒了影。眼看就要輪到我上場了，沒有琴，我拿甚麼比賽呢？想着想着，我鼻子一酸就想哭了。老師在一旁一邊安慰我，一邊不時焦灼地望着後台入口，好像在等着甚麼。

“老師，我拿來了！”一個響亮的聲音劃破了焦躁的空氣。我應聲抬頭，是她，纏着紗布的手裏捧着小提琴。只見她滿頭大汗，氣喘吁吁地徑直衝到我面前：“還好……來得及……我的……小提琴……給，靠你了……”

淚水再也忍不住地奪眶而出。感激，慚愧，我已經記不清。望着她掛滿汗珠而無邪的臉，我鄭重地接過她手中的琴，真實地感到前所未有的輕鬆，如釋重負……

青春友情，讓我為你的真誠而奏吧！

- 這是一篇讚頌無私友誼的作文。文章的標題自有深意，“和琴有關”，和小提琴有關，也和楊琴有關。作者採用了欲揚先抑的寫法。首先寫“我”和楊琴之間因為不了解和“我”的嫉妒而產生誤會，但隨着一次比賽所經歷的種種，楊琴將自己的琴借給“我”，並以她良好的品質和大度，化解了“我”和她之間的隔閡，同時也讓“我”學會了坦誠。
- 文章最後一句話深化了立意，同時留給讀者想像的空間，很有巧思。
- 文章句式多樣，既有反問句，如第一段最後一句，又有感歎句，如文章最後一段最後一句，還有疑問句、陳述句等，使文章語言豐富，更準確地反映了中心。
- “焦灼”和“焦躁”是同義詞，都有非常焦急的意思，前者表示非常着急，後者在焦急之餘還有幾分煩躁。本文用“焦灼”，較為準確。

松鼠過冬

林保保

森林王國裏，住着松鼠兄弟倆。哥哥性格開朗，時常幫助別的小動物，所以他有很多朋友。松鼠弟弟是個高傲的傢伙，總是趾高氣揚地顧影自憐，因此幾乎沒有朋友。

有一次森林裏舉行化妝舞會，每隻小動物都精心準備了道具。只有松鼠弟弟不屑一顧，覺得自己英俊瀟灑，一定會有很多小動物爭着要和他跳舞。但事實上，沒有小動物願意邀請他。松鼠弟弟非常尷尬，覺得大家都在排斥他，於是怒氣沖沖地回去了。

轉眼，冬天來了，一場罕見的大風暴把松鼠兄弟的屋子吹垮了。松鼠哥哥正煩惱着，他的朋友們早已聞訊趕來，紛紛獻出自己的糧食。所以，在朋友們的幫助下，他的房子很快就建好了，糧食也堆成了小山。

山丘的另一邊，松鼠弟弟獨自冒着寒風蓋房子。那一刻，他孤單極了。但令他驚訝的是，小動物們並沒有遺忘他，都趕來幫助他。那天晚上，睡在新房子裏，他想起了哥哥的告誡："你要學着放下自己的高姿態，用一顆誠摯的心去尋找朋友。沒有朋友就像在冬天裏沒有房子，是不會有快樂，也不會有溫暖的！希望你好好地反省一下，改過自新！"想着想着，他羞愧地低下了頭。

冬天過去了，春風吹醒了沉睡的動物們。廣播裏突然傳來松鼠弟弟的聲音："親愛的朋友，是你們讓我懂得了友情的重要，謝謝你們！"

- 這是一則簡短並且寓意深刻的童話，語言精煉準確又不失情感節奏。文章通過松鼠哥哥和松鼠弟弟的對比以及大風暴過後動物們的幫助，揭示了一個道理：友情就如同冬天的房子，能給我們快樂和溫暖。
- 文章取名《松鼠過冬》，松鼠過冬靠的是甚麼呢？很顯然，通過文章我們可以知道，是友情。作者用了較多貶義詞去形容松鼠弟弟，如"高傲"、"趾高氣揚"、"顧影自憐"、"不屑一顧"、"孤單"等，以說明他朋友極少，為後文作鋪墊。
- "希望你好好地反省一下，改過自新！"這是一個祈使句。祈使句用於提出要求和禁止某種行為。文中的祈使句講的是松鼠哥哥向松鼠弟弟提出的要求：好好地反省，改過自新。

語言要生動

所謂生動，是指有活力，能感動人。

要能感動人，首先就要語言飽含感情。寫文章，一是以理服人，二是以情感人。除了議論文偏於理性以外，記敍文、抒情文、描寫文都偏於感性。寫作時，作者要動情，把感情傾注在文字上。例如，本書有篇文章寫到，一個男同學跟一個女同學比較生疏，不大搭理對方。有一天，放學路上下起了雨，男同學忽然發現頭頂上有一把傘，原來是那位女同學給他擋雨。"我"正猶豫着該怎麼婉拒對方時，對方卻"淡然一笑"，說："你還是不是男子漢啊？居然連和我同撐一把傘的勇氣也沒有！"事後，男同學在課桌裏發現了女同學留的一張紙條，上面寫着："其實，多一個朋友就像多一把雨傘，在沒有帶傘的雨天，另一個人能借給你一片晴天。"最後，作者寫道："看完紙條，想起之前的種種，我突然無比內疚。是啊，友情是沒有性別之分的！連她都能夠拋開世俗的眼光，為甚麼我這個男子漢卻不能呢？"這些話，都飽含感情，比較生動。為了表達感情，必要時要適當運用"啊"、"呢"、"吧"等語氣助詞，問號和感歎號等標點符號，還可以多運用反問句、排比句、感歎句等句式。所有這些，都是語言飽含感情的明顯標誌。

形象的刻畫也很重要。講到某一件事，講到某一個人，要對有關的人和事進行形象的描繪，使讀者如臨其境，如見其人，如聞其聲。描寫人可以進行肖像描寫、心理描寫、動作描寫、語言描寫；描寫場景可以進行自然風景描寫、社會環境描寫、靜物描寫、場面描寫等等；可以直接描寫，也可以間接描寫；可以細描，也可以白描。描寫時抓住特點，形象逼真，就可以使語言顯得生動活潑。與此同時，還可以多運用一些修辭手法，如比喻、擬人、誇張等等，把形象刻畫得更鮮明，使讀者更加喜聞樂見。

運用口語也是一個使語言生動的好方法。魯迅主張寫作的人要"學學孩子，只說些自己的確能懂的話"。他認為，首先要"把似識非識的字放棄，從活人的嘴上採取有生命的詞語，搬到紙上來"。這"活人的嘴上""有生命的詞語"就是口語。口語由於是平時生活中大家經常講的，充滿生活氣息，讀者自然覺得親切。當然，引用口語的時候也要小心謹慎，運用口語不同於濫用方言。我們使用的是規範漢語，有些好的方言可以吸收到規範漢語中來。但是，有一些方言只有一個小地方的人看得懂，就不要亂用。因為只有少數人覺得生動，大多數人不覺得生動，那麼，歸根究底，就不能算是生動。

富於變化也是使語言生動的一個方法。有變化才能生動活潑，沒有變化則顯得死氣沉沉，其他事物如此，語言亦然。一篇文章，開頭講"十分高興"，中間也講"十分高興"，結尾又講"十分高興"，讀者看起來就感到沒有甚麼味道。其實，"十分高興"這個意思完全可以使用不同的講法。"心裏樂得開了花"是"十分高興"，"樂得合不攏嘴"也是"十分高興"。多用不同的講法，詞彙豐富一些，就會顯得有變化，顯得生動。不但讀者不會覺得單調，文章也顯得更有光彩。除了用詞要有變化，句式也要有變化。一篇文章可以有陳述句、疑問句，可以有祈使句、感歎句，

可以有單句、複句，可以有散句、對偶句、排比句。句式富於變化，使文章不至於死板，就會產生生動感人的力量。

要使語言生動，還有很多方法。以上所講，是其中主要的幾種。

文章題目	語言飽含感情的標誌	刻畫形象的方法	富於變化
友情如海	省略號、排比句式	比喻修辭	運用口語
我的朋友怡美	問號、感歎號	心理描寫	運用口語
美麗的疤痕	排比、疑問等句式	人物描寫	詞彙豐富
朋友	反問、感歎等句式	行動描寫、比喻修辭	句式變化
愛的貼紙	語氣助詞	引用修辭	運用口語
不能說的秘密	“送”字	動作描寫、擬聲修辭	句式變化
最好的朋友	問號、感歎號	語言描寫	運用口語
野孩子與“傻子”的友誼	語氣助詞	反覆修辭	句式變化
希望	語氣助詞、感歎號	形象化的語言	詞彙豐富
風起，你好嗎？	語氣助詞、排比句	反覆修辭	句式變化
朋友，讓我們重新開始	語氣助詞、問號、感歎號	反問修辭	詞彙豐富
我的朋友小艾	疑問句、反問句	引用修辭	運用口語
落日朋友情	排比句	比喻、反覆修辭	詞彙豐富
“上鋪”	省略號、排比句式	誇張修辭	運用口語

友情如海

何其趣

有人說友情如雪；有人說友情如松；有人說友情如玉；有人說……

我說友情如海。海包羅萬象，博大無邊。礁石是它獨立自尊的靈魂，風浪是朋友之間的約定和承諾——面對生活中的艱難和挫折，它面無懼色，勇於挑戰。

我說友情如海，不僅因為友情有着海一般的深沉博大，而且因為它們的根源真切實在，毫不虛偽——一股股細流成就了海的寬廣，小小的關愛成就了友誼的長久。

你看那細流，它們低調無聲，不喧囂，不張揚，不浮躁，只是一味默默地並肩攜手向前——前方有大海，那是理想的永恆居所。它們遇石則躍，遇山則繞，以自己的纖細柔弱征服了一切堅硬猙獰，以自己的平和自然征服了一切狂傲做作。

一份真正的友情也是如此。它來自於最平凡的生活，無須刻意裝裱和營造。蹲下來為你繫鞋帶的細微動作；口渴時遞過來的一杯水；互相釋疑後一個會心的微笑；失落時上面寫滿了關愛與鼓勵的一截小紙條……小小的付出，小小的回報，小小的愛聚沙成塔，友情的根基因此而堅實深厚，任多大的疾風驟雨也不可撼動。

真正的友情實則出於有心。一個對生活細節麻木無知，只知道計算榮辱得失，只知道索取愛而不知道付出愛的人是注定得不到真正的友情的。

若一個人渴望一份如海般的友情卻不知從何做起，那麼，不妨去認真地讀一讀細流。

- 本文文字真切自然，靈動優美。看罷全文，讀者彷彿看到了海的博大無邊和細流的低調無聲，發現了一份真正的友情的源頭——細流一般自然，沒有功利之心，無所計較的關愛與體諒。想要成就一份大海般永恆的友情，不妨做個生活的有心人，關注細節，懂得付出。
- 文章一開頭就以飽含感情的語言，運用排比修辭手法，總結了友情的特點："如雪"、"如松"、"如玉"。文章把生活中的點滴，朋友間的"小小的付出"比作細流，結合如"約定"、"承諾"等通俗易懂的口語，生動地講述了友情如海的特點。
- 文章兩處地方使用了省略號。第一個省略號表示可以用於形容友情的事物還有很多，第二個省略號表示生活中可以反映友愛的細節也很多。這都反映了作者對友情的讚頌。

我的朋友怡美

白雲飛

昨天老師佈置了一篇以“我的朋友 ×××”為題的作文。

“莉莉太過嬌氣，怡美太自我為中心，鴻佳又有點……該寫誰呢？”我橫豎不敢下筆。還沒開頭，電話鈴響了。怡美打過來的：“趕快來沙田廣場的超市陪我逛一下！”

電話裏的語氣強硬，不容商量，與其說是約我去逛超市，還不如說是通知我，她“穆桂英”已經被困“天門陣”了，到底去不去救她就自己看着辦吧。

平時這個時候，超市裏只有稀稀拉拉的幾個人，可不知為甚麼今天人卻特別多。我跟在怡美後面提着她的大包小包，不一會兒就累得不想動了。而她卻只顧一邊往人堆裏擠，一邊吆喝着要我別弄丟了東西，似乎我就是她的奴婢。“這算怎麼回事？你乾脆要我把超市背到你家裏去算了！”被人狠狠地踩了一腳後，我心裏漸漸煩躁起來。可又不好發作，只是昏天黑地地跟着她……

“走吧。該買的都買齊了。”她像凱旋的將軍，而我像蔫了的茄子。

正打算幫她把“戰利品”送到她家去，她卻提着大包小包徑自朝我家走去。我不解地瞪着她。

“忘了今天是甚麼日子了？”她使勁捶了一下我的肩。

我猛然醒悟過來。今天是我跟怡美認識五週年的日子，我差點忘記了。

到家後，怡美圍上媽媽的圍裙，用她花了一個下午精心挑選的材料做了一個小蛋糕和幾樣菜。雖然味道都有點怪怪的，但我心裏卻暖暖的——這真是一個幸福的日子！

看着怡美做的菜，我知道我的作文該寫誰了。

- 本文構思新穎獨到，語言詼諧幽默，生動貼切。形象化的語言，比如“她‘穆桂英’已經被困‘天門陣’了”、“凱旋的將軍”、“像蔫了的茄子”等的運用使文章生動活潑。
- 口語“像蔫了的茄子”可以說明“我”當時筋疲力盡。“蔫”指花木、水果等因失去所含的水分而萎縮，還指精神不振，如“蔫頭耷腦”。如此等等。
- 文章描寫細緻，心理描寫尤為成功。
- 作者採用先抑後揚的手法，前面大部分篇幅寫“我”對朋友的不滿，這從第四段對問號和感歎號的運用就可反映出來。這為後面寫“我”對朋友的感激和讚揚埋下了伏筆。

美麗的疤痕

屈中德

“好，好……”一曲終了，台下一片掌聲。整齊的劉海被綰成一綹固定在頭頂，一塊燒傷的疤痕像一團水彩紅雲定格在美寧白皙的額頭上。她微笑着站在台上，比往日顯得更加清新自然。我久久地看着她，淚水不知不覺盈滿眼眶。我知道她那是在暗示我：有疤痕也可以很美麗。我暗下決心，從此要做一個開朗活潑的美麗女生！

往日，我從不敢上講台；我從不敢在說話時正視別人；我從不敢把校服的衣領放下來，夏天最熱時也豎着；我從不敢上舞台，只是偷偷地練舞。這得歸咎於下巴上那道醜陋的疤痕。

美寧不止一次鼓勵我，要我正視它，學會接納它，可我總做不到。

美寧不止一次掀開額頭上整齊的劉海，讓我看看她那道疤痕。可看着她放下劉海後那張純淨無瑕的臉，我低下了頭——我知道我做不到。

“劉海可以遮住你的疤痕。而我只能依靠極度的恐懼和自卑來遮蓋我的疤痕！”悲哀裏暗藏着憤怒，我終於忍無可忍，說出了藏在心裏很久的話。溫柔鼓勵被攔腰斬斷，她為此不再吭聲。

像往常一樣，她報名參加了學校三十週年校慶文藝表演。她一反常態，不再鼓勵我去表現自己，只是要求我一定

要看完她的表演。我點頭。對於老朋友來説，這個要求一點也不苛刻。

“啊？！那是姜美寧？拒絕化妝的人就是她？”台下轟然。

我抬起頭來，呆如雕塑。一張多麼熟悉的臉，額上壓着那團重重的疤痕。沒錯，那的確是美寧。她在向全校幾百人展示自己的疤痕，神情就像平時把微笑端給別人看時一樣自然。美寧是在用這種破釜沉舟式的“揭露”，給我最後的也是最有力的支持與鼓勵。我低下頭去，淚如雨下。

- 本文有三大特點。首先，刻畫形象細緻生動，開篇對美寧的描寫就很好地表現了這一點。作者使用了“綰”和“綹”。“綰”指把長形的東西如頭髮、絲線等盤繞起來打成結。“綹”指把頭髮、絲線等順着聚在一起。“整齊的劉海被綰成一綹固定在頭頂”，是説把劉海順着聚在一起，盤繞起來打成結，並且固定在頭上。比喻修辭的運用，把疤痕比作一團水彩紅雲，比較形象。文章詞彙豐富，語言運用富於變化。
- 其次，文章採用倒敘的敍述手法，這使語言富有層次感和動感。全文的語言呈現了以下三個層次：從積極的文字到消極的文字再到積極的文字，透出了友情所帶來的積極意義。
- 最後，第一段的比喻句、第二段的排比句、第七段的疑問句等句式的運用富於變化，使本文的文字富有建築美，且飽含感情。

朋友

龐水泉

窗外的水泥地面上，一個大約五、六歲的小男孩和一個與他年紀相仿的小女孩正在一起玩耍。他們共同分享一輛玩具車所帶給他們的樂趣。兩個人一會兒你坐我推，一會兒我坐你推，一上一下，忙得不亦樂乎。

突然，一個意外情況出現了。小女孩一不留神，把正準備上車的小男孩給絆倒了。小男孩的膝蓋擦在水泥地面上，那又薄又嫩的皮膚被擦破了，滲出殷殷血跡。小男孩一看，驚慌得哭了起來。

那個闖了禍的小女孩此刻正站在小男孩的身邊，無助地搓着雙手，神情有點委屈。突然，小女孩轉身走了，留下仍在嗚咽的小男孩。我心頭一驚，難道這個調皮的小傢伙竟然會“肇事逃逸”？要是這樣的話，她真是太讓我失望了。

事情並沒有像我想像的那樣。幾分鐘後，小女孩又回來了，手裏多了兩樣東西，一小瓶消毒藥水和一包藥用膠貼。小女孩蹲在地上對小男孩説：“我媽媽説過，皮膚擦傷後只要消毒一下並貼上膠貼，很快就好了。”説完，便細心地給小男孩“施救”，那樣子就像是一位見習護士。

傷口“處理”好後，小女孩站起身來對小男孩

說："現在沒事了，你上車，我推你回家吧！"

小男孩聽了點點頭，笑了，睫毛上還停留着"露珠"呢！

望着窗外這漸行漸遠的可愛的天使和坐在玩具車上的小男孩，我不禁也笑了。我想，這也許是人類最原始、最純真的友誼吧，沒有猜疑和記恨，只有真誠和寬容！

- 文章截取了生活中一個真實生動的畫面，以兩位小孩子為主角，通過對他們的行動描寫，有情趣而又深刻地詮釋了友誼的含義。
- 文章注重語言的錘煉，用最簡單的句子表示最深刻的意義。文章動詞的運用，比如"絆倒"、"擦"、"滲出"、"搓着"、"蹲在"等這些形象化的語言，用得生動而準確，在行動描寫中起了關鍵作用。
- 第三段中"我心頭一驚，難道這個調皮的小傢伙竟然會'肇事逃逸'？"這句使用了反問句式，加強了語氣，"肇事逃逸"形象地刻畫了當時的情景。"這也許是人類最原始、最純真的友誼吧，沒有猜疑和記恨，只有真誠和寬容！"這句話，既飽含感情，又點明了文章的主旨。
- 除了反問句，還使用了比喻句，"小男孩聽了點點頭，笑了，睫毛上還停留着'露珠'呢"，把淚珠比作露珠。"望着窗外這漸行漸遠的可愛的天使和坐在玩具車上的小男孩，我不禁也笑了"也是比喻句，把小女孩比作天使。這裏是暗喻，並沒有出現本體和比喻詞，只有喻體。比喻修辭的運用，也有助於形象的刻畫，使文章語言生動活潑。

愛的貼紙

方向明

真摯的友誼恬淡而溫馨。它如早春陽光，將人的心靈照得通透澄澈；也如無邊絲雨，使人的心湖瑩潤玉潔。

在陽陽的記憶寶庫裏，就珍藏着一份誠摯而厚重的友誼。因為有這份友誼，所以陽陽覺得不管牽掛的人距離自己有多遠，那份友愛的溫暖都讓她覺得對方就在近旁。連續幾個月，陽陽都在面對着那貼滿了半堵牆的五彩繽紛的貼紙發呆、思索，今天才終於有了這個感悟。

這些貼紙都是欣蕾以前從四川寄來的。記得那是一個去四川峨眉山遊覽的偶遇，她們成為了筆友。而後陽陽便把欣蕾當作傾訴對象，常常向她訴說生活中的不如意，而欣蕾也不厭其煩地"傾聽"着，並且寄來了很多鼓勵她的彩色貼紙。記得陽陽有一次因掉了錢包而心情不好，欣蕾便寄來一張綠色貼紙："當為自個兒糟糕的運氣而懊惱的時候，你一定要對自己說：摔倒了就要趕快爬起來繼續前行，不要欣賞自己跌落的那個坑。"而那張紅色貼紙則是欣蕾為了鼓勵自卑的陽陽而寫的："其實，每個人都是有缺點的，因為世上每個人都是被天帝咬過一口的蘋果呀！有的人缺陷比較大，那是因為天帝特別喜愛她的芬芳。"不知不覺間，這些貼紙已經成為陽陽心中的暖陽。

可是，陽陽有時很鬱悶，兩個人的友誼這麼深厚，卻被萬水千山阻隔了，難以見面，實在難受。欣蕾知道了，安慰她："古希臘哲學家德謨克利特說過，'很多顯得像朋友的人其實不是朋友，而很多是朋友的倒不顯得像朋友'。而我認為，很多經常見面的人其實不是朋友，很多像我們這樣不能經常見面的人有時才是真正的朋友啊！'海內存知己，天涯若比鄰'嘛！所以，我們是不是不應該為不能見面而沮喪呢？"

此後，陽陽不再傷感，因為欣蕾的話她都記在了心裏！

- 本文語言清麗靈秀，首段對友誼的描述生動貼切，令人有一種淡而溫馨的感覺。貼紙的故事寫得真摯動人，讓人體會到文中兩個女孩子的純潔友誼。文章用愛的貼紙作為表達友誼的切入點，立意也較為新穎。
- 作者幾次使用了引用修辭，一是引用欣蕾貼紙中的話，一是引用哲學家的話，一是引用詩人的話，使語言更簡潔凝練且生動。
- 口語"鬱悶"是形容詞，指煩悶、不舒暢。第四段語氣助詞"啊"、"嘛"、"呢"的運用，有助感情的抒發，使文章富含感情。

不能説的秘密

文潔冰

“啪——啪——”

周宏手持飛鏢，眼睛定定地盯住黏在牆上的那一排氣球。他的身體略微側着，蓄勢待發。那飛鏢彷彿一支利箭，正要飛射而出。“咚——”飛鏢又射在了牆上。周宏看着手上磨出的水泡，擦了擦汗，暗暗對自己説：“加油，為了紫桐，繼續練習！”

周宏和紫桐是無話不談的朋友。紫桐家境貧困，對她來説買一個洋娃娃也是奢侈。可是，紫桐多想要一個洋娃娃啊！紫桐的心事周宏都知道。有一天，他看到一個飛鏢射氣球贏獎品的攤子，五個氣球全中可得一個洋娃娃。於是，他下決心好好練習飛鏢，想為紫桐贏一個！

一個艷陽高照的週末，周宏帶着紫桐興沖沖地來到那個攤子邊。周宏交了錢給老闆，便準備射飛鏢了。“啪——啪——”出手又快又準。紫桐在一旁興奮得跳起

來，其實這都是周宏練習了六天的結果。“哇，全中了！”地攤老闆對他們說。

從地攤老闆手上接過獎品，周宏順手將洋娃娃送到仍在興奮不已的紫桐手上：“我一個男孩子，才不稀罕這東西呢。要是能贏個變形金剛那才好呢。”

紫桐愣了愣，接洋娃娃時無意中注意到周宏的手：“你的手怎麼長了這麼多泡啊？”

周宏笑笑：“打乒乓球啊！”

這，已是一個不能説的秘密。

- 第二段的動作描寫形象傳神，一幅周宏練習射飛鏢的畫面彷彿出現在我們面前。“那飛鏢彷彿一支利箭，正要飛射而出”，將正要飛射而出的飛鏢比作利箭，生動貼切，將周宏射飛鏢的氣勢展現了出來。
- 倒數第四段的“送”字用得很好，飽含感情，表現了周宏對紫桐的重視與尊重。
- 作者用“啪——啪——”和“咚——”擬聲這種修辭手法，使事物形象鮮明、更有真實感。
- 作者使用了多種句式，比如比喻句、疑問句、陳述句、感歎句等，句式交錯有變化，使語言更生動了。

最好的朋友

程素

林薇是個十足的"書蟲"。好朋友廖凱常常開玩笑地說她有戀書癖，林薇便假裝古代的老夫子語氣："腹有詩書氣自華。孩子，慢慢體會吧！"說完還煞有介事地拍拍廖凱的肩膀。兩人便"噗嗤"一聲笑開了。

"給，林大小姐，謝謝你的《城南舊事》，寫得真是好啊！"廖凱說。

林薇接過來順手翻開："那當然！要看是誰推薦的嘛！"突然，林薇的臉色沉了下來，問："這是怎麼回事？"

見到林薇那氣勢洶洶的樣子，廖凱不禁有點怯了："看的時候太喜歡了，忍不住在精彩處寫了點個人感想，我……不是故意的。"看着林薇氣得發抖的臉，廖凱的聲音越來越小。

"甚麼？忍不住？你又不是不知道我最討厭別人在我的書上亂畫的了！以後別跟我借書！"

這一吼，班上的同學都看到了。廖凱覺得尷尬極了，但又拉不下面子給林薇道歉，於是訕訕地回到座位上。

事後，林薇一直不理廖凱。小休期間，她在曬太陽，暖融融的，愜意極了。

"下面是廖凱同學為林薇同學點的歌，廖凱想對林薇說：對不起！原諒我好嗎？我最好的朋友！"

林薇真的很驚異，一向自尊心強而又愛面子的廖凱居然

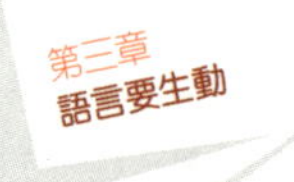

當着全校同學公開道歉？並且還說林薇是他最好的朋友？這句話廖凱可從來沒對她說過的呀！

接着，《一生有你》那清新的韻律在整個校園內飄蕩起來。林薇閉上眼睛用心聆聽，似乎在歌裏聽到了廖凱的歉意。最後，她快速跑向教室。

"喲，知錯能改，善莫大焉！這本書送給你了！"

聽林薇這麼一說，廖凱的嘴張成了O型，隨即咧嘴一笑："謝謝你，我最好的朋友！"

- 本文通過細緻的描寫，特別是語言描寫，很好地刻畫了"書蟲"林薇的形象。她引用"腹有詩書氣自華"和"知錯能改，善莫大焉"等古語來和廖凱開玩笑，體現出她博覽群書和她對書的喜愛。
- 文章的對話符合情節的需要，也是生動活潑的，很好地展現了朋友之間那種輕鬆愉快的交流方式。最後，這個故事告訴我們，朋友之間要寬容相待，友愛也是要說出來的。
- "不是不知道"，兩個"不"連用，雙重否定表示肯定，充分顯示了林薇當時真的很生氣，所以廖凱很"尷尬"，"訕訕地回到座位上"。"訕訕"是形容詞，指不好意思，難為情。
- 文章使用了較多感歎號和問號，加上形象化的語言，如"臉色沉了下來"、"氣勢洶洶的樣子"、"有點怯了"、"氣得發抖的臉"等，還有口語的活用，使語言富於變化、飽含感情、刻畫形象。

野孩子與“傻子”的友誼

芳美娟

紀雲生長在農村，從小便如山裏的猴子般嬉戲於田野、山頭間。後來，他被帶到了香港。

環境的改變使他變得敏感而又離群。香港的景色繽紛絢爛，可他的心卻是寂寞空城。班上的同學大都多才多藝，沒有甚麼特長的他因此更加覺得自己像一個鄉下的野孩子，心底的倔強使得他不願主動和同學交流。

最近，他卻老是遇到同班那個又矮又小的“傻子”——那個常常被班上男生欺負的曾凡。其實，“傻子”並不傻，只是每次出現他都光是對紀雲傻傻的笑，傻傻的笑，甚麼話也不說。當然，紀雲也懶得理他。

不僅是怪人，怪事也出現在紀雲的生活裏。他的課桌上經常會出現一份複印的筆記，內容詳盡且條理分明。這對於還沒跟上學習進度的紀雲來說，幫助當然很大了。他很是納悶，卻又無從追查筆記的來源。

一天放學，“傻子”又跟在紀雲身後了。這次，他囁囁嚅嚅的，囁囁嚅嚅的，終於開口說話了：“我……覺得你不像其他男生那樣高傲又愛欺負人……”話沒說完，他便跑了，紀雲愣在原地。

後來，紀雲漸漸對曾凡有了認識，還知道送筆記的人原來就是他。而曾凡也常常找紀雲聊天，有時還拉着他去郊外

踏青、放風箏等。曾凡的真誠就像一束陽光，灑滿紀雲的心田，這種暖陽般的友情滋潤着兩人的心田。他們都變得越來越開朗，漸漸地也和班上同學打成了一片。

這不經意生長的友愛是多麼的難得啊！

- 文中形象生動地展現了人物的性格特徵以及心理狀態，如首段用猴子去形容在鄉間自由自在的紀雲。
- 文章將香港孩子的多才多藝與生在農村沒有特長的紀雲進行對比，兩相比較中便展示了紀雲的自卑心理。
- 文章的句式也是富於變化的，被動句、陳述句、感歎句等交錯於文中，使得文章有層次感。
- 反覆修辭手法的運用可以加強語氣，抒發強烈的感情，加深讀者的印象，如重複使用"傻傻的笑"和"囁囁嚅嚅的"便起到了這樣的作用。
- 文章多處地方使用了"又"字，"又"在文中作不同的解釋。"敏感而又離群"的"又"指意思上更進一層。"又矮又小"、"高傲又愛欺負人"的"又"表示幾種情況或性質同時存在。"'傻子'又跟在紀雲身後了"的"又"表示動作已經重複出現，有"再一次"的意思。
- 最後一段的語氣助詞"啊"表示增強語氣，加上後面的感歎號便構成這個感歎句，抒發了讚歎之情。

希望

藍美玲

聖誕節前夕，我到香港殘疾兒童中心去探望小朋友們。對於中心的老師來説，這些孩子中最讓他們擔憂的莫過於剛來的小達了。

幾個月前，一直由舅母撫養的孤兒小達，在一次重病之後失去了説話的能力，只得暫時生活在殘疾兒童中心。接二連三的打擊使得小達非常失落，他那俊秀的臉上再也沒有露出笑容，常常一個人躲在角落裏哭泣。

我去的時候，發現小達正一個人呆呆地蹲在樹下，眼睛裏流露出無辜、哀傷的眼神。我想開導這個可憐的孩子，可又找不到有力的語言讓他振作起來。就在這時，莎莎朝我們走了過來。莎莎也是中心的一員，因為雙目失明，被父母送到這裏來。“小達哥哥，這是我畫的畫，送給你吧！你不要再不高興了，一切都會好起來的！走，跟我們一起玩吧！”莎莎不停地晃動小達的胳膊，用近乎哀求的語氣説道。

那是一幅簡單而又充滿希望的畫：在藍藍的天空中，紅紅的太陽露出了甜甜的笑臉，幾株金黃的向日葵正迎風起舞，為它們伴舞的是青青的小草。我簡直不敢相信，這幅

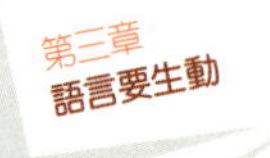

充滿生機、讓人振奮的圖畫竟然出自一位弱視女孩之手。

看來，莎莎的畫勝過任何有力的語言。看着眼前這幅充滿生機和活力的圖畫，小達哭了。但是，我分明看見，他的淚眼中透着微笑……

- 文章以《希望》為題，先抑後揚，以莎莎的出現作為文章的轉捩點，使文章略有起伏，避免了平鋪直敍。
- 雖然全文不見"友情"二字，但是，在作者滿含深情的敍述中，我們不僅完全可以感受到兩位殘疾兒童之間的幫助和信任，而且被莎莎那種樂觀向上、開朗善良的精神所感動。這正是"希望"所帶給人們的力量。
- 最後一段的"分明"，在文中是副詞，有明明、顯然的意思。此外，"分明"還可以作形容詞，有清楚的意思，如"是非分明"。
- 作者用了形象化的語言去刻畫小達的形象，如"非常失落"、"俊秀的臉上"、"呆呆地蹲在樹下"、"流露出無辜、哀傷的眼神"，詞彙豐富，加上語氣助詞、感歎號的運用，使語言很生動。

風起，你好嗎？

何其妙

還記得我們的初次見面嗎？我在沙田城門河騎車，途中單車壞了鏈子，你恰巧經過，便毫不猶豫地停下來幫我修理。“任務”完成後，你微笑地道別，是溫暖的模樣。

還記得我們曾一起在大霧山上種樹嗎？我們都選上了四季常青的樹。你說這就象徵着我們的友誼，會一直不怕艱難地走下去，歷久不衰。

還記得我們的考試作文嗎？題目是《我最好的朋友×××》，我寫《我最好的朋友是賀風起》，你寫《陳子才是我最好的朋友》。然後，老師在班上唸我們的作文，我們彼此很有默契地微笑。

還記得那個公園嗎？寒冬，我們時常跑去曬太陽，彼此說着各自的夢想。但不管各自的夢想是甚麼，裏面一定會有“我們的友誼像河流一樣長久”。

這一切一切的“還記得”：那童年的相遇，那少年的陪伴，那青年的遠走，那日後不間斷的想念，我想你一定都記得吧？你說：“無論在甚麼地方，我都會祝福你！或許沒有信件，或許沒有生日祝福，或許沒有新年禮物，但總會有那麼一個人，會一直默默地關注着你。而你，只需要在困難的時候想到遠方有這樣的一個朋友就可以了。這樣，你就不會那麼孤單了。”這裏的每一個字，我都記得，都記得。

你知道嗎？在那個離別的機場，我當時真的有哭的衝動。但你說男子漢是不能哭的，所以我把眼淚逼了回去，就算你走了我也不哭，就算後來很思念你我也不哭。我把你送我的東西都好好收藏，把你教我的堅強都好好練習，把你對我的好都好好記憶。我知道，你會一直在遠處看着我，所以我不敢怠惰。

那麼你呢？賀風起，你還好嗎？

- 這是一篇寫友情的散文。一開始便以問句開頭，引起讀者的興趣，而接連着的四個“還記得”，則是把感情逐步地昇華。
- 作者對回憶加以甄選，只選取典型的、能表達出朋友之間深厚感情的事例，這樣就使文章在生動的同時又兼具了簡潔。
- 文章倒數第三段排比句和反覆修辭的運用，可以很好地加強氣勢，抒發感情。而最後一句“賀風起，你還好嗎？”則是把感情昇華到了頂點，使我們感受到那真摯的友情。在經過層層的渲染之後，一句話，就具備了直抵人心的力度。這就是簡潔的效果，含蓄而又蘊含豐富感情。
- 作者還注意使用形象化的語言去刻畫形象，如“把眼淚逼了回去”，“逼”字用得很好，指逼迫，有強忍着、不讓眼淚流出來的意思。

朋友，讓我們重新開始

張志新

羅剛和林鵬是很好的朋友。

畢業後，兩人籌資開了一家建材公司。在兩人的齊心協力下，公司初具規模。

有一天，羅剛春風滿面地回到公司，興奮地對林鵬說："我們運氣真好！朋友給我們介紹了個大客戶，我們這次賺大了！"

幾天後，那個客戶過來談合作計劃。林鵬發現這人似乎不了解建材行業，而且協商的條件似乎對自己的公司太有利了，總感覺事有蹊蹺。於是他對羅剛說："我看事情不對頭，這單生意我們還是不做的好，小心駛得萬年船啊！"可羅剛似乎被利益衝昏了頭腦，全然沒有察覺到任何異樣，笑着說："林鵬啊林鵬，我們一起經歷過多少風風浪浪了？放心啦！"

可是和那個客戶交流得越多，林鵬就越懷疑，多次勸阻羅剛，可羅剛仍一意孤行。終於在一次爭吵時，羅剛氣急敗壞地說："好，既然你不放心，那乾脆我們單幹吧！你拿走你的股份，我拿着自己的錢去做生意！"沒想到羅剛竟然對自己說出這樣的話，林鵬憤然離開了公司。

結果，事情正如林鵬所料，羅剛上當了，公司面臨破產的困境。

然而就在這時，林鵬回到了公司。羅剛很慚愧地對他說：“當初要是聽你的就好了，可現在說甚麼也晚了。”“幹嘛這麼灰心呢？你不記得了嗎？我這裏還有當初從公司帶走的一些錢啊！”林鵬說。

“可是……”“別可是啦！當初我們創辦公司可是白手起家，結果我們還不是把公司辦得有模有樣？現在就讓我們再重新開始，大幹一場吧！”林鵬拉起羅剛的手激動地說。

羅剛看着林鵬堅毅的目光，感動地說：“謝謝你，林鵬！”

- 人們常常問，甚麼樣的朋友才是真正的朋友，甚麼樣的友誼才值得我們一生珍惜？本文就對這個問題予以了回答——以德報怨、患難與共的朋友，才是真正的朋友，正如本文中林鵬這一形象。
- 本文通順流暢又不乏生動的語言，如語氣助詞“啊”、“吧”、“呢”、“嗎”、“啦”，再結合感歎號、問號的使用，使句式富於變化，使語言富含感情。
- “有一天”、“可是”、“結果”、“然而”等這樣的語言將整篇文章串聯起來，加上反問修辭的運用，如“當初我們創辦公司可是白手起家，結果我們還不是把公司辦得有模有樣？”便使文章過渡自然、結構完整。

我的朋友小艾

潔志

第一次注意到小艾，是在我得了一次演講比賽的冠軍後。那次，回到教室，我異常興奮。可是，一貫驕傲自大的我並沒有得到大家的祝賀。我的快樂，在同學的冷落裏瞬間黯淡無光。就在這時，小艾從背後拍拍我的肩膀，微笑着説道："菁菁，你演講得真棒！"我回過頭，看到了小艾真誠的目光。這是我第一次認真地注意到成績並不太好而又有點木訥的她。

我是個優等生，演講、主持、唱歌，出盡了風頭。當我在台上光芒四射的時候，已經成為了我的好友的小艾則常常坐在台下，默默地為我祝福。

一次，小艾不小心摔壞了我最喜歡的鋼筆。我氣急敗壞地訓斥她説："你怎麼老是這樣笨手笨腳的？難道你不能聰明一點嗎？你賠我鋼筆。"事後，我覺得自己有些過分，但驕傲的我沒跟小艾道歉，覺得一貫對我包容的她不會介意。

第二天，小艾買來了鋼筆，並給我留了張紙條："你那麼優秀，而我卻像個醜小鴨，或許我真的不適合做你的朋友。"

驕傲的我選擇了沉默，小艾也沒有再來找過我。

有一次，在一場歌唱比賽中，我選擇了一首難度很高的歌曲，可是因為太過緊張而忘詞好幾次。下台後，我難過極了，一個人跑到了操場。

“菁菁，我知道你是最厲害的！”突然，小艾站在我的背後，輕輕地對我說：“誰都會有失敗的時候。愛迪生說過，‘失敗也是我需要的，它和成功對我一樣有價值’。所以……”“小艾！”我轉身看着她。

“我知道你很難過。想哭的話，你就哭吧，憋着難受。”小艾抱着我說。

“小艾，謝謝你！你還能做我的朋友嗎？”我哭着說。

小艾微笑着說：“行，只要你願意！”

- 作者以明白、通暢的筆調向讀者講述了一個關於自己的故事。句式的變化加上口語的運用，使文章的語言生動暢達，搭配得當，語句過渡自然。
- 優秀卻驕傲的“我”和善良而平凡的小艾成了朋友。“我”習慣了小艾的讚賞，卻常常忽略了小艾的存在，甚至傷害了小艾，小艾卻在“我”失敗時引用愛迪生的話來安慰“我”，使“我”很感動。一個善良普通的女孩讓“我”懂得了甚麼是友誼，也明白了友誼的可貴。
- “你怎麼老是這樣笨手笨腳的？”和“難道你不能聰明一點嗎？”都是反問句，反映了“我”當時真的很生氣，“你還能做我的朋友嗎？”是疑問句，表達了“我”的愧疚，也表達了“我”的希望：希望小艾能做我的朋友。

落日朋友情

歐嘉玲

落日懸在遠遠的海面上，快要掉進海裏了。此時我的心，如同這沉甸甸的落日一般，即將墜入深淵。

娟拉着我的手，緩緩地走着。細膩的沙子從腳趾間冒出來，帶着白日裏未褪盡的餘溫。然而她的手卻涼得徹骨。涼意透過我的手掌，傳到此刻我的心裏，益發冰涼。

"你明天……一定要走了嗎？如果有可能……"我欲言又止。事實是不容改變的，明天早晨八點的飛機一定會把眼前的娟帶到瑞士。我知道，我知道！我也曾無數次嘗試説服自己，今晚的一別是我們最後一次單獨相約，明天她一定會走，一定會走，所以我一定要祝福娟，一定要祝福娟……我好想祝福她，可是自私的心卻突然膨脹，我的嗓子裏好幾次都將蹦出這樣的話，叫她留下來，不要走。我們像以前那樣一起看日落，一起打網球，一起逛商場……這樣不好嗎？

我捨不得她，心裏像被鋸子拉開了一道大口子一樣，好疼好疼。可是理智卻告訴我：今晚，是我們這對形影不離的好姐妹分離的前夕，我要祝福她！

娟的眸子不敢正視我的眼睛。她望着沙灘，眼淚滴在腳尖上。她好不容易抬起頭來，剛要開口，就忍不住抱着我的肩嗚咽起來，雙肩抖動。我再也忍不住了，抱住她的肩膀，情不自禁地放聲大哭起來。海水澎湃，哪比得上我們心裏的

波濤洶湧？你看，連落日也不忍看着我們離別，悄悄躲進海裏，遮住了流淚的臉。

紅日西沉，夜幕降臨了，我們離別的淚也流乾了。明天，我將送她遠行，緊握着她的手，灑脫地道一聲：“朋友，珍重！”

- 作者給文章取名為《落日朋友情》，頗費了一番心思。李白詩云：“浮雲遊子意，落日故人情。”作者正是仿照李白的詩句作為題目，並將落日作為線索貫穿全文，起到了首尾呼應、主題集中的作用。同時，這篇文章以落日、沙灘為背景，寫兩個朋友分別時難捨難分的心情，具有渲染的作用。
- 文章的語言生動，如“冒出來”、“徹骨”、“蹦出”、“躲進”等口語用得很好。在修辭方面，運用了比喻的手法，如第一段中“此時我的心，如同這沉甸甸的落日一般，即將墜入深淵”，形象地刻畫出沉重的心情。形容心情沉重，前面說“沉甸甸的落日一般”，中間說“突然膨脹”，第四段講“像被鋸子拉開了一道大口子一樣”，詞彙豐富，富含變化。用“被鋸子拉開了一道大口子”形容心痛的感受，讓人深深地感受到這友誼的可貴和離別的傷感。
- 文章還使用了反覆和排比修辭手法，使語言更生動活潑。
- 文章的末尾，作者一改纏綿的抒情語調，用“朋友，珍重！”幾個字結尾，顯得乾淨利落。總的來說，這篇文章主題集中，結構安排比較合理，語言變化錯落有致。

“上鋪”

毛致中

大學的時候，我認識了睡在我上鋪的那位來自北方的“仁兄”。

“上鋪”長得胖嘟嘟的，以至於有那麼幾個晚上，我提心吊膽的，生怕他一動彈，牀鋪就塌了下來砸着自己。

“上鋪”心眼特別好，我們很快成了哥們。他給我講北方的遼闊藍天，廣袤草原，我給他講南方的深邃大海……我們對彼此未知而又豐富多彩的世界充滿嚮往。

我們還有好多共同的話題，金庸小說裏主人公的忠肝義膽，宮崎駿漫畫裏男女主人公命運的交錯與執着，美國黑人奧巴馬獲選為總統……

“上鋪”對生活也很有見解。每當我考試失利後情緒低落，每當我遭到別人的冷眼相對，每當父母有了矛盾時我不開心，他就會搜腸刮肚地找出道理來開導我，說笑話逗我開心，驅散我心中的陰霾。有這樣一個分享快樂，分擔煩惱的“兄弟”，那種幸福讓我滿足：這個“上鋪”，總想我過得幸福……

畢業那一天，我們在校園裏漫無目的地走着，肆意的歡笑聲從身邊自由地掠過。我們迷戀上了這樣簡單的生活，笑容和暖，自由自在。但是生活還是要回歸，他的心中裝着北方的天高地遠，我的眼裏裝着南方的廣闊無垠。

很久沒有看到"上鋪"了，感謝他陪我走過了一段陽光燦爛的青春時光。冬日的天空格外藍。這片天空，代表期許。我說，回頭的時候，誰出現，誰就在我心上，"上鋪"是我最大的期待。

- 作者在本文中以第一人稱的口吻，記敘了自己的親身經歷。
- 文章採用順敘的手法，表現了"我"和"上鋪"的友情。兩人的共同話題，一系列美好的回憶，在"我"不開心時，"上鋪"替"我"排憂解難，都表現了"上鋪"的善良和樂觀。
- 文章同時採用了誇張的手法，"上鋪""一動彈，牀鋪就塌了下來砸着自己"，形象地刻畫了"上鋪"胖嘟嘟的樣子。
- 文章還使用了排比句式，富含感情。
- 文章的結尾處，以一片天空作為期許，祝福友人，語言平實，感情真摯，結構完整。
- "搜腸刮肚"這個詞很生動，說明"上鋪"為了幫助"我"而費盡心思，突出了"我"對他的感激。
- 省略號的運用，省略了一些內容不寫，有言盡而意無窮、寓意深遠、啟發讀者思考的作用。

語言要簡潔

所謂簡潔，就是簡明扼要，沒有多餘的內容。語言要簡潔，主要從下面幾方面去做。

第一要話語簡潔，也就是要突出中心，不說跟中心無關的話。寫一篇文章，要圍繞一個中心去寫。但甚麼是中心？很多人並不清楚。比如，寫兩個人的友誼，去說明友誼要經得起考驗這樣的道理。兩個人的友誼，可以寫的事情很多，可以說明的道理也很多。現在通過友誼的事例去說明經得起考驗，這就是中心。離開中心，泛泛地去寫兩個人的友誼，想到甚麼就寫甚麼，見到甚麼就寫甚麼，這叫沒有中心。正在寫着友誼要經得起誤會的時候突然講到別的問題，叫做偏離中心。沒有中心，偏離中心，語言就無法做到簡潔。因為所有關於友誼的問題都寫，跟友誼無關的話也要說，下筆千言，離題萬里，要節省用字很難。所以，寫作時一定要突出中心，不說與中心無關的話。要做到這一點，首先就不要貪大求全。我們提倡寫短文。一篇短文，中心應該是很小的，不要希望在一篇文章裏把甚麼話都說清楚。只要在若干個大問題裏說明一個小小的問題就可以了。友誼要經得起考驗，就是這樣的一個小問題。友誼和友誼的重要性，也是一個中心，但這個中心太大。中心太大，從某一意義上來說，實際上是無中心。你要把所有關於友誼的問題都說清楚，那還有甚麼中心不中心？要做到語言簡潔，就要避免出現這樣的情況。就是圍繞中心的話，也要盡可能簡潔。有時説一句可以，就不必説兩句，有時點一下可以了，就不必點兩下，有時委婉一些可以，就不必一、二、三、四地加以分析。作者是聰明的，讀者也是聰明的。有時含蓄一些，意思藏而不露，讓讀者去認真領會就可以了。

第二要詞語簡潔，也就是不用多餘的詞語。所謂多餘的詞語，無非是指沒有用的詞語。沒有用的詞語有兩種，一種是用了等於不用的多餘的詞語，也就是累贅的詞語。比如，“他整天無所事事，是在不必要地浪費光陰”。“浪費光陰”當然是“不必要地”的，所以“不必要地”是多餘的詞語，應該刪去。一個十幾個字的句子刪去了四個字，自然簡潔得多了。一種是重複囉嗦的詞語。比如，“我對他有意見，雙方都清清楚楚，明明白白”。“明明白白”跟“清清楚楚”其實表示的意義是一樣的，沒有必要重複使用。重複囉嗦的話比較容易發現，重複多餘的話有時就不大容易發現。一個詞語是不是多餘的，除了單獨從一個句子來加以判斷以外，還要看看語境，看看前文後理。有些詞語似乎需要用，但從前文後理來看，就不需要用，那就不要用。

語言簡潔除了上面所講的兩點以外，還有很多需要注意的地方。比如，多用一些熟語，像成語、諺語、歇後語等等。又比如，少用一些形容或比喻的詞語，減少句子的修飾成分，都是使語言簡潔的方法。總之，作者要把語言看作自己有限的財產，該用則用，不該用則不用，減少浪費。這不但對讀者有好處，而且對作者提高運用語言的能力也有好處。

文章題目	突出中心的事例	使詞語簡潔的方法	其他方法
“沒有他的……，哪顯得你的……”	友人的鼓勵	去累贅	用成語
“敵人”	“敵人”的幫助	去累贅	用成語
信譽的價值	朋友的選擇	去重複	用詩句
那裏一定是天堂	對友人的思念	去累贅	少修飾語
註釋友情	一起開心才算朋友	去累贅	少用比喻詞
測驗	考試時的“幫”不是幫	去重複	用歇後語
感謝你，紙飛機	口角不影響友誼	去重複	用歇後語
只有一個肩膀借你	困頓時有依靠	去重複	用俗語
“小胖”這樣的朋友	幫朋友要循正途	去累贅	用歇後語
友愛，讓我走得更遠	友愛是前進的動力	去累贅	用成語
夏枯草的芳香	朋友永遠都會記得對方的好	去重複	少用修飾成分
因為你是我最好的朋友	對朋友要懂得關心和包容	去累贅	用成語

“沒有他的……，哪顯得你的……”

何萬貫

三十年前好友的兩句話，伴我走過半生。

一個學期，我在一所中學進行實習教學。當時的情景，至今歷歷在目。該校是區內的名校，學生學業水平較高。校園環境優美，周圍廣植樹木，鳥語花香，是教和學的好地方。可惜，我任教班級的原有的那位中文老師，工作馬虎，遇事得過且過，上課時照本宣科，課堂氣氛比較沉悶，學生對他的教學不大滿意。在這樣的老師的影響下，我能取得甚麼成績？失望之際，佩娟對我說：“沒有他的差劣，哪顯得你的優秀？”對了，我要加油！一個月過去了，我實習完畢。結果，我和學生們都“滿載而歸”。

第二個學期，我被分派到另一所中學進行實習教學。這次的情況卻完全不同。原有的老師學養甚佳，教法又靈活，深受學生歡迎。在這樣的老師面前，我能有甚麼作為？在我經受很大壓力的時候，佩娟又對我說：“沒有他的優秀，哪顯得你的更優秀？”對了，既然立志做個好老師，就要接受挑戰。幻燈片、高映片等精美教具，設計優美的板書，深入淺出的講解，師生對話交流，分組研習的活動，我用盡各種方

法，終於取得較好的教學效果。對此，老師和學生都給予了較高的評價。

“沒有他的……，哪顯得你的……”，佩娟在不同情況下說的兩句話，伴我走過無數高山地塹，鼓勵我在人生歷程中勇往直前。

- 作者巧妙地在文章中，利用了兩個生活事例，說明了朋友間互相鼓勵的重要性，表達了“我”對好友的感激之情。
- 作者更藉此說明，好友對自己的肯定和支持，可以經得起時間的考驗，歷久常新，這更突顯友誼的可貴。
- 本文結構完整，首尾呼應。沒有重複累贅的話，並且善用成語，如“歷歷在目”、“得過且過”、“滿載而歸”等，語言比較簡潔，語短情長，令人回味。

"敵人"

劉美玉

李想和王東都是尖子生，不僅學習出色，而且待人和善，同學們都喜歡圍在他們身邊，將他們視作榜樣。

因為他們都是深受老師器重、同學喜歡的學生，所以暗地裏一直有傳言說他們在較勁，看怎麼才能超過對方。對於這樣的傳言，王東只是一笑置之。而李想聽得多了卻上了心，凡事生怕王東勝過自己，於是一直暗地裏跟他作對，以致兩人之間產生了矛盾。原本互相欣賞的兩棵大樹，卻因為一些莫名的矛盾而長出斜枝來。

這天放學後，李想負責教室清潔工作。儘管這是一件費力的事情，他也做得很賣力。可是沒過多久，他的肚子卻突然劇痛起來，痛得只能抱着肚子蹲在地上。這時，他看見一個人跑了過來。這個人毫不猶豫地背起他就往醫療室跑，然後叮囑了一句"你好好休息吧"就匆匆離開了。而這個人，正是王東。

醫療室裏，李想一直擔心教室大掃除的工作。於是在喝完藥水，覺得肚子稍微舒服了一點的時候，李想就急忙趕去教室。但讓他意外的是，教室十分乾淨。同班的同學告訴他，王東代替他做完這份苦差事就回家了。

那一刻，李想記起王東的那句叮嚀，以及他之前的處處忍讓，心裏突然很慚愧。他一直把王東當作“敵人”，但在最困難的時候，卻正是這個“敵人”幫助了自己。

第二天，他找到王東，誠懇地說：“謝謝你，我的‘敵人’。”

王東愣了一下，隨即調侃道：“那麼你要更加努力啊，不然我這個‘敵人’可要超過你了！”

- 文章題為《“敵人”》，一開始就給人留下懸念，吸引了讀者的注意力。
- 接着，作者用寥寥數語就把兩個主角各自的性格和對傳言的態度寫了出來，用語簡潔，沒有多餘累贅的毛病。小故事寫得很精練，基本上沒有給人拖沓的感覺。
- 最後，以兩個主角的對話來深化主題，簡潔含蓄且令人感同身受。
- 在李想看來是“敵人”的王東，在緊急的時候幫助了李想，這篇文章通過寫這件事情，旨在說明，真正的朋友之間應該互相幫助，而不應該為一些小事記恨對方。

信譽的價值

聰穎

小剛是我大學裏最好的朋友。時近年關，他要乘今晚零點的火車回他的北方老家了。我為他餞行。酒桌上，兩個人聊得很開心。一聊忘了時間，眼看從六點鐘聊到近十點。在酒店門口，我有點不捨了。

“小剛，這一別就是一個多月，沒你聊天還真不習慣。記得打電話給我。”“一定一定！海內存知己，天涯若比鄰。現在電訊業發達，這不成問題的。”

“得，得。走吧。”我拍了拍他的肩膀。他走後，我叫了輛出租車回宿舍。

一進宿舍門，發現室友肖志一臉的不高興。

“唉，劉馳，真是可惜，真是太可惜了！”肖志嘮叨起來。

“怎麼了？”我瞪着他好奇地問。

“多好的音樂會啊！理查的告別音樂會，今晚七點鐘開始，剛剛結束。我爸爸媽媽本來買了兩張雅座票，可他們臨時有事不能去了，轉手就給了我。我看正好小剛在，就邀他一起去。他説另外約了人，不能去了，你又不在，其他人又沒有興趣，害我只得一人獨自欣賞了。”

我吃驚地瞪大眼睛看着他。“小剛今晚不是跟我在一起嗎？”我心裏想。

“這音樂會太棒了。再說，這是理查的告別演出，絕版啊絕版。一張票一千多元呢。你說，小剛到底有甚麼要緊事？趕火車也不用這麼急啊。”

我大吃一驚，走到陽台上打電話：“小剛，你一千多元一場的音樂會都不去，就為了陪我？”“我跟你早就約好了的，不能為了聽音樂會而失約嘛！難道我們的交情還不值那一千元錢？”

掛了電話，我望着湛藍的星空出神。

- 本文敘述了朋友小剛為了不失約而放棄參加昂貴音樂會的故事，表達了深邃的感情。
- 在酒桌上，小剛對於聽音樂會的事隻字未提，劉馳知道情況後給小剛電話，小剛輕描淡寫的一句“難道我們的交情還不值那一千元錢”，表現出小剛重感情輕利益的品格。
- 本文多用側面烘托。開篇用“我”的依依不捨烘托兩人交情之深，文後用肖志對音樂會的看重襯托小剛取捨之難。
- 最後作者用星空象徵小剛的高尚品格，突出劉馳對他品格的敬仰。
- 全文不但思路連貫，文脈清晰，而且語言甚為簡潔，沒有囉嗦重複的毛病。

那裏一定是天堂

封永勤

還記得那座伊斯蘭教教堂吧，還記得教堂圓頂上那輪圓月吧？我們並肩坐在石階上，看着它被黑色的枝椏隔成碎片。你在我耳邊斷斷續續地説着，我的腦子裏浮出一幅幅溫馨的圖片：那個慈祥又愛嘮叨的奶奶是多麼疼你；你把毛毛蟲扔到那個叫妞妞的胖女孩課桌上，她的尖叫引來全班同學哄笑……

我至今還不明白，你説起毛毛蟲時為甚麼會那麼自然且充滿了嚮往，竟然就像我經過花店時對那束白色水仙花的渴望一樣。

還是那座伊斯蘭教教堂，還是那輪圓月，可是你在哪裏呢？耳邊沒有了你的聲音，只有一種強烈的物是人非的感覺籠罩着我，籠罩着我的回憶：一起補習功課，一起逛街，一起狂叫着在大雨中奔跑，一起在平安夜到尖沙咀海濱體驗在人海裏衝浪的刺激……

在我們以為生活就是那般快樂的時候，你卻被告知

患有重病。一次又一次的化療，我從沒聽你叫過一聲苦。我告訴你，我願意並渴望與你分擔。但你咧嘴笑了笑，像一支拙劣的畫筆在白紙上塗上了一條變形的弧，我不忍直視……

你說考大學的辛苦旅途曾經讓你絕望，但考上大學的你在大學裏感到很幸福。

那麼，這段有着殘酷病痛折磨的旅途，應該會引領你到達一個更加美麗的站點——那裏一定是天堂。

- 這是一篇充滿感傷情調的散文。字裏行間滲透着一種淡淡的憂傷之情，讓人不由自主地隨着它進入對友人入骨入髓的思念境地。
- 第三段重複使用第一段中的意象，將思念引入更深一層。
- 第四段突出了朋友生死離別時的關愛、鼓勵和感激之情。第四段的“渴望”，同義詞是“盼望”、“期望”，但“渴望”的語氣更重，指迫切地希望，說明“我”迫切地希望分擔文中的“你”的痛苦。
- 第三段四個“一起”的連用，是排比句，增強說話的氣勢。雖然運用了排比、比喻等手法，但總的來說，卻沒有多餘的詞語，沒有多餘的修飾語，語言比較簡潔。

註釋友情

馮林清

今天天氣特別好，亞亞在陽台上就看到了陽光下的海洋像一塊藍寶石。

亞亞生活在海濱城市。每到夏天，夥伴們就像一群小魚兒似的，泡在海裏，真快活。

今天是暑假的第一天，她和夥伴們約好了，由她媽媽帶着去游泳。很久沒有游泳了，大家都很期待呢。

虎子和妞兒都已經到了，可是小米還沒來。他們給小米去了個電話。原來，小米爸媽今天都不在家，保姆阿姨也請假了，小米想留下來陪奶奶，所以不來了。

好朋友不來，游泳也沒有意思了。怎麼辦呢？他們商量了一下，決定不去游泳了，而是一起去小米家玩。大家把想法告訴了媽媽，就前往小米家。

小米打開門，看到本來應該去游泳的朋友們，心裏別提多開心了。小米問他們："你們怎麼沒去游泳呢？"虎子說："今天太熱了，大家都不想去了。還是到你家吹空調，聽你奶奶講故事的好。"小米高興地把他們領進了屋裏。

奶奶正坐在沙發上看電視，看見這麼多孩子，很高興，一個勁地叫小米拿糖果來吃。他們一整天都呆在小米的家裏，和奶奶說話，看小米收藏的卡通書和動畫片。雖然沒有去游泳，但是大家都覺得很快樂。

晚上回家後，媽媽看着亞亞高興的模樣，慈祥地笑着說：“開心的時候一起開心，這才算是朋友嘛！如果丟下朋友，只顧自己，那就不是真正的友情了。亞亞、虎子和妞兒都不錯，你們今天都為友情這個名詞作了一個很好的註釋！”

- 文章題目叫《註釋友情》，主人公是怎樣註釋友情的？本來亞亞、虎子、妞兒和小米一起約好了去游泳，後來因為小米要臨時留家陪奶奶而不能去，亞亞、虎子和妞兒想到，不能“丟下朋友，只顧自己”，應該“開心的時候一起開心”，於是就沒有去游泳，而是到小米家共同歡樂。
- 本文最後一段是重點段，揭示了主旨：“開心的時候一起開心，這才算是朋友嘛！如果丟下朋友，只顧自己，那就不是真正的友情了”。文章中心突出，語句沒有重複累贅的毛病，少用比喻詞，文字比較簡潔。

測驗

潘樂兒

今天進行語文第五單元的測驗，朵朵因為癡迷動畫片而沒有復習。正當她為了幾道不會做的小題而煩惱的時候，老師走出了教室。於是她趕緊輕聲地跟同桌說："青青，把試卷移過來些，我想看看前面的詩歌。"

青青是她最好的朋友，所以朵朵篤定青青會幫她。但令她意外的是，青青竟然裝作沒聽見，之後就一聲不響地交卷走了。

"我就知道你是蟲蛀了的枴杖——靠不住！"朵朵這麼想，頓時有一種被背叛的感覺充斥全身，"算我看錯你了！"

之後的幾天，朵朵打定了主意要和青青結束朋友關係，青青幾次想跟她說話都被她冰冷的目光擋了回去。

某天晚上回到家後，朵朵在書包裏發現了一張紙條："朵朵，對不起！如果你需要幫助，我一定全力幫你，但考試時的'幫'不是'幫'，而是'害'啊！"

她將那紙條揉成一團，使勁一扔，正好被推門進來的媽媽撿到了。

"怎麼回事？"媽媽問。

朵朵僵了一會，忽然哭起來："不就是考試時問她幾道題嘛，她不但不告訴我，還教訓人，至於這樣麼！"

媽媽也怔住了，鄭重地說："朵朵，考試作弊是很嚴重的

錯誤行為。不管你作弊的程度是輕或是重，但作弊了就是作弊了，你就成了不誠實的孩子，這樣值得嗎？所以青青不讓你看她的試卷有她的理由。可現在，你不但不知道自己錯在哪裏，人家來給你解釋了，你卻理直氣壯地說人家教訓你，這是甚麼道理？媽媽希望你能好好想一想。”

等媽媽走後，朵朵一個人呆呆地坐在房間裏。她看着紙條上語氣誠懇的字句，又想起青青平時對自己的好，愧疚極了。

- 文章題為《測驗》，不僅與內容聯繫緊密，也有“測驗朋友之間的感情”的含義，一語雙關。
- 文章故事安排得緊湊而有波瀾，又貼合人物心理。通過一次語文測驗引出兩個朋友之間的一場小風波，委婉地揭示了這樣一個道理：“不管你作弊的程度是輕或是重，但作弊了就是作弊了，你就成了不誠實的孩子”，朋友與朋友之間“考試時的‘幫’不是‘幫’，而是‘害’”。
- 語言簡潔，沒有重複累贅的毛病。“蟲蛀了的枴杖——靠不住”這個歇後語，朵朵用於形容青青，因為她“竟然裝作沒聽見，之後就一聲不響地交卷走了”，使朵朵覺得不能指望她來幫自己。歇後語的使用，是使語言簡潔的一個方法。

感謝你，紙飛機

鄭義

谷勇躺在病牀上，旁邊的掛鐘正好指在六點。他目不轉睛地盯着窗外。突然，一架紙飛機忽悠悠地飛進他的房間，落在他夠得着的地方。

自從谷勇因為不小心摔斷腿而住進醫院，每天下午六點都會有一架紙飛機從窗外飛進來，非常準時。拆開紙飛機，上面密密麻麻寫滿了字。內容大都是學校一天裏發生的趣聞和一些笑話，時而夾雜些勵志小故事，讓谷勇的生活充滿了精彩。然而，令谷勇感到奇怪的是：紙飛機上的字跡似乎有些熟悉，但具體是誰的卻總也想不起來。

轉眼，谷勇已經在醫院住了一個多月，紙飛機也每天風雨無阻地陪伴着他，給他鼓勵。這天，谷勇終於可以下牀走路了。到底紙飛機是誰放的呢？他猶如屁股上長刺，再也坐不住了。看着掛鐘慢慢指向了六點，谷勇於是躲在窗戶旁邊偷偷往下看。

“啊！居然是他！”谷勇驚訝地張大了嘴巴。

原來，這個神秘的“飛行員”不是別人，正是前段時間和他吵過架的同班同學。他們曾經是很要好的朋友，可是因為某次口角而賭氣不再說話，谷勇甚至說了再也不稀罕這個朋友了。

谷勇真是沒想到，他一個人在醫院面對四壁心酸的時候，這個被自己放棄的朋友仍然關心自己，並且用這樣特別的方式來陪伴他、鼓勵他。

他看着牀頭堆得滿滿的紙飛機，心裏感動極了。他對它們説："感謝你，紙飛機，是你讓我懂得了朋友的真正含義，也是你讓我得到了一個真正的朋友。"

- 甚麼才是真正的朋友？這篇文章就給了我們一個很獨特的回答。文章沒有過多的前提鋪敍，只是用精練的語言來給我們講述了一個普通的小故事。"居然是他！"僅僅四個字，就把主人公的驚訝表達得淋漓盡致。
- 通過寫谷勇的同學用紙飛機來陪伴、鼓勵谷勇這樣一件事情，來説明這樣一個道理：朋友之間發生口角是難免的事，但是朋友的關係並不會因為口角的發生而破裂，彼此依舊會關心對方。這個主題，作者沒有一下子直接展現出來，而是藏而不露，啟發我們去思考。
- 第三段使用了歇後語，"屁股上長刺——坐不住"，用了形容谷勇急着知道神秘的"飛行員"是誰的心情。

只有一個肩膀借你

廖春荷

周明落榜了！

一聽到這個消息，張強馬上從沙發上站起來，跨上單車就衝進白晃晃的日光裏。

到了周明家，只見他頹然地坐在地板上，周圍撒滿了高中三年考過的試卷。密密麻麻的字跡和紅色的更正筆記，似乎在嘲笑地上的失敗者。

張強歎了口氣，也不說話，只沉默地把地上的卷子收拾起來，放到桌子上，然後慢慢地坐在周明身邊。他拍拍自己的肩膀，調侃道："來吧，兄弟我沒別人那麼好的口才，也說不出甚麼大道理，看你垂着個腦袋挺累的，喏，只有一個肩膀借你！想哭就哭吧，累了就靠一會兒！沒甚麼大不了的，人生不止一條出路。俗話說得好，條條大道通羅馬。所以，跌倒了就爬起來，總會好起來的！"

……

多年以後，周明成了著名的作家，張強也早已去了外國留學。他們各奔前程，漸漸地少了聯繫。但每當遇到困難的時候，周明總會想起那個悶熱的午後，那個話不多的好友，那些調侃的話和那個厚實的肩膀。他知道，無論在甚麼地方，無論分隔多遠，總會有一個人在默默地陪伴着自己；自己累的時候，有一個肩膀可以依靠。

他在自己的書裏寫道："其實友情很簡單，它不需要豪邁的話語，不需要貴重的禮物，也不需要鏗鏘的承諾，有時候只需要借對方一個肩膀，讓自己在困頓的時候，感覺到依靠，感覺到陪伴，感覺到支持的力量！友情，就是這麼簡單！"

- 這是一個以小見大的故事，作者將文字把握得很好。開頭一句"周明落榜了！"把整個故事的背景交代得很清楚，也為後面周明的表現作了鋪墊，沒有囉嗦重複的詞語，言簡意賅。
- 文章的用詞簡練，"頹然"寫出了周明落榜後的狀態，"歎了口氣"、"沉默地"、"慢慢地"寫出了張強冷靜的性格特徵。他的一段話，配以"兄弟我"、"喏"等口語化的詞，讓讀者感受到他對於朋友的真情。俗語"條條大道通羅馬"，說明了人生不止一條出路，勉勵周明不要傷心。
- 文章的另一個亮點在於轉折的處理上，作者在寫完張強的話之後沒有繼續寫周明的反應，而是巧妙地用省略號過渡到了"多年以後"，從側面來寫"借一個肩膀"之後的影響——遇到困難的時候會想到他的陪伴。這正是簡潔的妙處，更能讓人感覺到友情的力量。最後一段是重點段，直截了當地揭示了主題。

"小胖"這樣的朋友

鍾期

在學校學生會主席競選中，徐瑞是我最大的競爭對手。他大我一級，影響力比我大，而且品學兼優，我知道自己勝算不大。

小胖似乎看出了我的心事，問我："是不是對競選信心不夠啊？""是啊，哎……"我長歎一聲。"放心啦，我會幫你的，你一定會競選成功！"小胖拍着胸脯說。

幾天後，學校裏有了這樣的傳言：有人寫匿名信到教務處，說徐瑞和某班女生早戀，考試還作過弊……我認識徐瑞，知道他不是這樣的人，一定是有人惡意中傷。

下午，小胖把我悄悄拉到一邊，說："聽到流言了吧？看來主席之位非你莫屬啦！"我看着小胖得意的模樣，感覺不對，輕聲問他："小胖，告訴我，那封匿名信是不是你寫的？"小胖得意地說："我這是樹梢上掛燈籠！"我把小胖拉到僻靜處，很氣憤地對他說："你怎麼能這樣做呢？你有沒有想過這樣可能會影響徐瑞的一生？""可我只是想要幫你呀。"小胖低聲說，羞愧地低下了頭。一時間，我也不知道該說甚麼了。我又怎能責怪小胖呢？他只是想盡力幫我，可惜方法不對。我拉起他的手，對他說："小胖，謝謝你！可是我們不管做甚麼事，都不能傷害到其他人。如果通過這樣的手段，即使我

競選成功，我也不會心安理得的。小胖，我現在就陪你去教務處把事情說清楚！”

最終，徐瑞當選了學生會主席，我競選失敗了。

我知道，小胖是為我好。然而，幫朋友不是這樣幫的。在幫的過程中，應該循正確的途徑，摒除旁門左道。這樣的幫，才是真正的幫啊！

- 文章講述了朋友小胖幫“我”競選學生會主席的故事。小胖想幫助“我”，卻使用了錯誤的方法，還自以為做法高明。“樹梢上掛燈籠——高明”是歇後語，但本文只寫出歇後語的前面部分，而省略了後面的部分。
- “拍着胸脯”、“長歎一聲”、“羞愧地低下了頭”……這樣的語句不但寫得生動形象，而且簡潔，沒有累贅的詞語。
- 最後一段是重點段，“幫朋友不是這樣幫的。在幫的過程中，應該循正確的途徑，摒除旁門左道。這樣的幫，才是真正的幫”，這段話是本文的主題。

友愛，讓我走得更遠

陸芳芳

“我的末日到了！”站在2100米測試起跑線上的我垂頭喪氣地想着。雖然同學們拉着我跑過幾次2100米，但每次都是13分20多秒，離及格線12分鐘還有一大截啊！

隨着一聲哨響，大家如脫韁的野馬向前直衝。跑完第三圈時，我就已經上氣不接下氣了，感覺喉嚨乾澀，頭腦發麻。正想停下來走幾步時，誰知小蘭來陪跑了：“跑慢一點沒關係，關鍵是別停下來，加油啊！”在小蘭的陪跑與鼓勵下，我勉強跑完了第四圈。到第五圈時，頭重腳輕的我覺得自己的腳已經沒感覺了，只是機械地邁着步。這時，張璐來陪跑了：“呼吸時注意別把口張得太大，要不然喉嚨會更不舒服。你一定要拼到最後一刻！”跑完第五圈時，我聽到的便只有自己的心跳和呼吸聲了。這時，孔冉來陪我衝刺最後一百米。雖然

我沒有聽清她說的話，但從她的眼神裏，我看到了關愛與鼓勵。我知道，我必須用力向前衝去，不僅為自己，更是為了報答同學們的關愛。

結果，我的成績是 12 分 48 秒。雖然還是沒有及格，但在同學們的陪伴下，我已經快了半分多鐘。呼吸平穩後，我看着她們三個，突然大叫起來："呀，等下你們也要測試呢，真是傻瓜，陪我跑時消耗了不少體力了吧！""沒關係啦！我們三個都是最後一組，還有半小時才輪到我們。這半小時，足夠讓我們恢復體力的！"

看着她們，我想："我下一次的成績一定會更好，因為友愛會讓我勇往直前，會讓我走得更遠！"

- 本文講述了一個同學間相互鼓勵的故事。事件雖小，卻十分貼切地展示了朋友之間的鼓勵、支持、溫暖和貼心。同時，本文的文字質樸明淨且形象，將"我"在長跑過程中的感受表現得細膩準確，將一幅朋友陪跑、"我"用力堅持的畫面展現在讀者眼前。
- 結尾用簡潔明瞭的語言向我們昭示了友愛的意義，一句"友愛會讓我勇往直前，會讓我走得更遠！"揭示了主題。
- 作者善用成語，如"垂頭喪氣"、"頭重腳輕"、"勇往直前"等等，使語言更簡潔。

夏枯草的芳香

雷 朋

再相見的時候，他倆的社會地位已經那麼懸殊。現在的李銘已經是數家公司的老總，而黃毅依然是平凡的職員。

兒時強壯的黃毅總是會不自覺地欺負瘦弱的李銘。當然，孩子們不會記仇，隔三差五地爭吵，並不影響他們三天以後繼續做最要好的朋友。那時的黃毅是孩子王，李銘總是跟在他的屁股後面轉。現在李銘衣錦還鄉，他們相遇在一家小酒館裏。黃毅不敢確定，李銘是否還記得他。

在小酒館暗暗的燈光下，獨自小酌的李銘一眼就認出了正在躊躇是否要和他相認的黃毅，立刻上前盛情邀請黃毅過來一起坐。入座後，兩人靜靜地對望着，似乎在打量着時間在對方身上留下的痕跡。黃毅張了好幾次口，卻甚麼也講不出來。世事滄桑，轉眼就是大半生啊，黃毅想。當年那個不起眼的小子，現在成了同學們心中的富商。他對於自己這個曾經欺負過他的童年夥伴，又有甚麼樣的回憶呢？

“夏枯草，你還記得夏枯草嗎？”李銘似從沉思中緩過神來，突然問。

“夏枯草？”黃毅在記憶裏搜尋着。

李銘説：“那時我家經濟狀況不好，是你和我摘遍了整個村子的夏枯草，拿到草藥舖賣了八塊五毛錢，交了半期的學費……我現在還記得夏枯草那淡淡的味道呢。”

李銘抿了一口酒，溫情地說："你還記得我們在一起的那些美好的日子嗎？朋友，真該感謝你讓我又回憶起了那童年純真的友誼！"

霎時，酒館裏似乎充滿了夏枯草淡淡的香味，兩個人擁抱在了一起。

- 黃毅的心緒回到了童年，想到的全部都是對李銘的不好，而李銘卻很懷念"夏枯草"。
- 文章不講究辭藻，顯得清新、樸素、自然，讀來娓娓動人。
- 本文委婉地揭示了一個道理：真的朋友只記得你對他的真心付出，而忘記你給的傷害。

因為你是我最好的朋友

關家寶

一個人時，我常常想起阿倫——一個老實巴交的人，一個用舊筆記本換來的朋友。但是，若不是那次送他去機場，我可能至今還不知道他是我最值得珍惜的好友之一。

那次因為路上堵車，我們趕到時，同一班機的人已經開始辦理登機手續了。就在我準備長舒一口氣時，阿倫竟然扎扎實實地一跤摔在了大廳，一個藍色包裹雜七雜八的東西散落一地。他急急忙忙地把東西撿進包裹。我看着一秒一秒迫近的登機時間，急紅了眼。慢慢地，他臉色大變，説有一樣很重要的東西怎麼也找不着了。我大聲提醒他沒時間了。可他望了一眼辦理登機手續的櫃枱，咬咬牙，又彎下了身子。看起來，他似乎恨不得能把眼珠子取出來當放大鏡用。

“甚麼傳家寶那麼重要？！”我為他的不知輕重感到惱火。同時，心裏湧起一陣納悶。

不一會兒，他在別人的一堆行李箱後面仰起頭來，一副如釋重負的樣子。我接過他手中的“戰利品”一看，愣了——一個舊筆記本。那年開學時，他忘記帶筆記本了，我便把這個“舊筆記本”送給他了。

“因為你是我最好的朋友。”阿倫笑道。

那一刻，我突然明白了許多事情：因為他把我當作最好的朋友，所以每當我的功課落下了，他總不顧我的反對，像

個奶奶一樣嘮叨着監督我補課；因為他把我當作最好的朋友，所以每當我生病時，他總像親兄弟一般給我送水遞藥；因為他把我當作最好的朋友，所以要我在打破了學校的玻璃後主動承認錯誤並負上責任……

- 本文語言簡潔質樸，寫得細膩。首先，本文採用倒敘的手法，第一段寫實，以“一個用舊筆記本換來的朋友”一語設下懸念。第二、三、四、五段把到達機場後發生的事進行了詳細描寫。
- 作者對朋友重視友誼的特點寫得生動貼切。“臉色大變”、“望了一眼”、“咬咬牙”等行動描寫，正是對這一系列細節的準確把握。
- 第五段照應主題，起到了畫龍點睛的作用。最後，“我”的“明白”則委婉地交代了主旨：“我”不僅明白了阿倫是我值得珍惜的朋友，更明白了一個人該如何對待自己的朋友——那便是既要關心又不能一味包容。
- 為使語言簡潔，作者除了使用精練的語言外，還注重使用成語。“如釋重負”這個成語指像放下重擔子一樣，形容心情緊張後的輕鬆愉快，很是貼切。